江弱水 著

言说的芬芳

时代出版传媒股份有限公司
安徽教育出版社

图书在版编目（CIP）数据

言说的芬芳／江弱水著. —合肥：安徽教育出版社,2020.8(2023.12重印)
ISBN 978-7-5336-8203-3

Ⅰ.①言… Ⅱ.①江… Ⅲ.①诗歌评论－中国－当代－文集 Ⅳ.①I207.22-53

中国版本图书馆CIP数据核字（2018）第264018号

言说的芬芳
YANSHUO DE FENFANG

出 版 人：费世平
策划编辑：何　客　王玉凝
责任编辑：何换生　金　雯
助理编辑：黄晓宇
封扉设计：王莉娟
美术编辑：张鑫坤
责任印制：陈善军

出版发行：安徽教育出版社
地　　址：合肥市经开区繁华大道西路398号　邮编：230601
网　　址：http://www.ahep.com.cn
营销电话：(0551)63683012,63683013
排　　版：安徽时代华印出版服务有限责任公司
印　　刷：安徽新华印刷股份有限公司

开　　本：880 mm×1230 mm　1/32
印　　张：8
字　　数：175千字
版　　次：2020年8月第1版　2023年12月第2次印刷
定　　价：48.00元

（如发现印装质量问题,影响阅读,请与本社营销部联系调换）

目 录

性爱、毁灭与创造合一的悖论　　1
　　——读杨炼的《诺日朗》

乡土风流的影像志　　16
　　——读匡国泰的《一天》

言说的芬芳　　47
　　——读张枣的《跟茨维塔伊娃的对话》

发明的现实　　107
　　——读张枣的四首诗

那些无关的枝节比史书生动　　140
　　——读梁秉钧的《博物馆》

在最低的地方与你相遇　　166
　　——读宋炜的《还乡记》

怀旧的叙事伦理   *190*

    ——读朱朱的《故事》

桃花扇与柳叶刀   *201*

    ——读朱朱的三首诗

为诗一辩   *223*

漫谈形式   *235*

闲话传统   *243*

后　记   *251*

性爱、毁灭与创造合一的悖论
——读杨炼的《诺日朗》

杨炼说,他二十世纪八十年代开始写《半坡》、《诺日朗》等诗,无非都是为他后来写《同心圆》、《大海停止之处》尤其是《YI》打草稿,但我的感觉是,他后面的这一系列雄心勃勃的大作,反倒像是《诺日朗》的复写与扩写。换句话说,《诺日朗》是他全部作品的基型。

记得当年读到《诺日朗》,那一开始倾泻出来的长句,一下子就把人抓紧:

> 高原如猛虎,焚烧于激流暴跳的万物的海滨
> 哦,只有光,落日浑圆地向你们泛滥,大地悬挂在空中
>
> 强盗的帆向手臂张开,岩石向胸脯,苍鹰向心……

没有一句通,但又没有一句不通,是精心组织起来的那种不通之通。比如,"高原如猛虎,焚烧于激流暴跳的万物的海滨",词与词之间的过渡与接应,都非常符合我们想象或印象的逻

辑——高原最典型的是黄土高原,而金黄的老虎正如布莱克(W. Blake)名诗《老虎》所说的"火一样的辉煌",于是乎有了焚烧。暴跳是激流的暴跳,又是猛虎的暴跳。从高原到海滨的巨大跨度,就这样迅速连接起来。一个词一个词互相晕染,好像印象一层一层叠加,最后形成一个浑圆的整体。

在《诺日朗》之前,我读到杨炼的《三危山》,就对他的造句印象深刻:

> 伟大的岩石
> 像一个千年的囚徒
> 由雕塑鹰群的狂风雕塑着茫茫沉思。

杨炼对现代汉语的长句的掌控能力之强,真是现代诗史上的异数,无人能出其右。当年王佐良很想看余光中翻译的《美国诗选》,说他想看余光中是如何处理惠特曼《草叶集》里面那些长句的,想看它们在汉语里的表现。因为跟西方语言比起来,汉语宜短不宜长。而杨炼的《诺日朗》的长句处理得极好,横放杰出,又精密细致。比如《诺日朗》中这几句:

> 成千上万座墓碑像犁一样抛锚在荒野尽头
> 互相遗弃,永远遗弃:把青铜还给土,让鲜血生锈

墓碑固然是在荒野,但是犁怎么会抛锚呢?因为犁开泥土成为波浪状,停下来便像船一样抛了锚。青铜是做犁的金属一类,

坟墓曾经是活灵活现的血肉,所以才会有鲜血生锈。墓碑、犁、锚、青铜、鲜血、锈之间,密切地勾连起来,最后是打成一片的效果。

不仅仅是句子内部,句子与句子之间,诗节与诗节之间,也常借相同或相似的意象和语义相互关照,彼此绾合。

如"强盗的帆向手臂张开,岩石向胸脯,苍鹰向心……"(《一　日潮》)与"一把黑曜岩的刀剖开大地的胸膛,心被高高举起"(《三　血祭》)的呼应。

又如"在世界中央升起／占有你们,我,真正的男人"(《二　黄金树》)与"此刻,在世界中央。我说:活下去——人们"(《煞鼓》)的承接。

再如"哦,只有光,落日浑圆地向你们泛滥,大地悬挂在空中"(《一　日潮》)与"天地开创了"(《煞鼓》)借《旧约·创世纪》"上帝说,要有光"的关联。

所以说,整首诗表面上狂放不羁,杂乱无章,内里却有相当错综而绵密的安排。杨炼的英译者在《同心圆》译后记里,指出了他的诗在组织上的特色:

> 读者的注意力会不知不觉地从微观转向宏观,阅读的视线与心智在不同层面的概念与重心之间不断地跳跃。然而,一种精确极致的秩序跃然纸上时,又是那么美丽细致,犹如钟表匠或马赛克艺人手中的活计。

《诺日朗》当时引起轰动,的确很大程度上是基于其语言的魔力。那还是1983年呀,我们何尝见过像这样奇异的、神秘的表达——

> 我的目光克制住夜
> 十二支长号克制住番石榴花的风

而从结构上看,《诺日朗》十分宏大。与西方现代主义诗人的一些名篇,如T. S. 艾略特的《四首四重奏》(*Four Quartets*)很相似,它同样借重了交响乐的几个乐章的结构安排。一、二、三节较长,中间插入一个短暂的第四小节,最后又是最长的第五节。

《四首四重奏》充满了悖论的语言,什么"在我的结局中是我的开始","在我的开始中是我的结局","你不了解的正是你唯一了解的","你所拥有的正是你并不拥有的",在这一点上,《诺日朗》如出一辙:

> 为期待而绝望
> 为绝望而期待
> 绝望是最完美的期待
> 期待是最漫长的绝望……
> 或许召唤只有一声——
> 最嘹亮的,恰恰是寂静

这种神秘主义的发生方式及语言的宣谕方式,自有其本土根源。杨炼提到,中国有《诗经》和《楚辞》两种传统。《诗经》的传统一直有延续，但先秦之后的诗人，却没有一位写出足以在精神世界上与《天问》、《九歌》、《离骚》相媲美的诗歌。杨炼在《诺日朗》中的表现，恰恰就是步趋屈原的《九歌》。《九歌》中，神秘而癫狂的巫师化身为湘君、少司命等，与满堂的巫女们应答，空气中弥漫着人神之恋的芬芳。这是神、巫、人一体的世界，是通灵的世界，是美丽的祈祷和献祭的世界。当一个巫师被神灵附体，向别人宣谕真理的时候，他即是神。"满堂兮美人，忽独与余兮目成"，都成为他的祭品了。

杨炼走的正是《楚辞》的路。他不同时期的作品都证明，他是以祭司的思维方式，以巫师的感知和说话方式，面对世界和他人。关于这一点，可以参看他坦露心迹的《鬼话·智力的空间》一书。不像《诗经》的安于描写平凡个体的平常生活，杨炼总是追求宏大而深邃的意义，迷恋那些终极、纯粹、玄虚的东西，他的诗中充斥着大写的共名或假名，因为他一定要从普通事物中提炼出意义和价值，用以满足自己的智力需要。读杨炼的诗，我有一种感觉：他哪怕吃一只烤土豆都要摆上刀叉，系上餐巾。用雪莱的话来说就是："你知道，我可不做血肉之躯的买卖，——指望我来写人世或俗缘就像到专卖杜松子酒的小店买羊腿一样。"

回头看过去，如果我们现在不喜欢《诺日朗》了，那么最关键的原因，一定是其强烈的菲勒斯中心主义（phallocentrism）令我们不快：

> 我是瀑布的神，我是雪山的神
> 高大、雄健、主宰新月

> 成为所有江河的唯一首领
> ……
> 流浪的女性，水面闪烁的女性
> 谁是那迫使我啜饮的唯一的女性呢
> ……
> 占有你们，我，真正的男人
> ……
> 朝我奉献吧！四十名处女将歌唱你们的幸运

如此明显的男权宰制的意识形态，提供了一份自我爱慕、自我刺激和自鸣得意的标准自供状，在今天的批评视野中十分不堪。男性作家把自身的欲望投射在女性身上，用阴柔的、被动的甚至渴望蹂躏的女性形象，来强化与优化自身的男性特质。弗吉尼亚·伍尔夫在《一个自己的房间》里写道：

> 千百年来，女性就像一面赏心悦目的魔镜，将镜中的男性的影像加倍放大。如果没有这样一种魔镜，世界恐怕仍旧布满沼泽和丛林，世人也就无法体会我们经历的一切打打杀杀的荣耀。这面镜子不管在文明社会中有什么用途，对于一切暴力或者英雄行为都是不可或缺的。拿破仑和墨索里尼大谈女人的低贱，原因就在这里了，女人倘若不低贱，他们自然无从膨胀。这就部分解释了男人为什么经常如此需要女人。
> （贾辉丰译文）

男人必须把女性作为一面镜子，借助这样一个他者，才能窥见或建立自己的本质。这其中导引出隐含在男权思想背后的一个奇特思路，即把性爱与死亡、毁灭与创造全部糅合起来，通过抵死缠绵的性爱，超越死亡，抵达创造，这是一个神秘主义的悖论。比如叶芝写天神宙斯化身为天鹅强奸丽达的十四行诗《丽达与天鹅》（Leda and the Swan），就是这一悖论的标准的演绎。诗中的宙斯是宇宙间创造力的化身，他的灵与丽达的肉，在强力结合下造成了人——生下了海伦与阿伽门农的妻子克吕泰涅斯特拉，前者引发了特洛伊战争，后者杀死了作为希腊联军统帅胜利归来的丈夫。"腰股间一阵颤抖，遂造成／断垣残壁、焚烧的穹顶和塔楼／而阿伽门农死去。"评论家认为，叶芝这首诗可以解释人与生俱来的双重本质，也就是集创造与毁灭、爱与战争于一身，而历史就是创造力与破坏力的合力而起作用的结果。

与此相似，《诺日朗》就是毁灭、孕育、创造这样一个悖论式的结论——

> 此刻，狼藉的森林蔓延被踩躏的美，灿烂而严峻的美
> 向山洪、向村庄碎石累累的毁灭公布宇宙的和谐
> 树根像粗大的脚踝倔强地走着，孩子在流离中笑着
> 尊严和性格从死亡里站起，铃兰花吹奏我的神圣

当一切被踩躏和毁灭之后，天地开创了。《阁楼上的疯女人》的作者之一——苏珊·古芭（Susan Gubar）说，我们成文以来的人类历史都生殖于男性本位主义的创世神话里，比如基督教就是

在上帝跟父亲的权力基础上产生的。《诺日朗》正是一个男性本位的创世神话,是性爱、死亡、毁灭与创造一体的神话。乔治·巴塔耶的《色情史》指出:"你必须认识死亡,认识死亡这样一种观念在每一个思想背景中保持了一个对于出路的期待。这个出路就是对期待的最终绝望。"巴塔耶引用《萨德》的女主角的话说:"我喜欢你的残暴……从十五岁起,我一心想的就是作为放荡的残酷激情的受害者死去。"杨炼的《诺日朗》是这种虚拟的欲望书写,他最新的诗集《艳诗》也沿袭了这个套路:

> 这个朕想废就废掉的一生
> 行云布雨,沿着最美的毁灭的捷径
> ——《承德行宫》

> 今夜,霸道之美对称着流逝的诗意
> 妃子只为那人保存的幽香,只交给他把玩
> ——《紫郁金宫·慢板的一夜》

> 像皇帝那样无耻而纵情
> ——《JAPANESE LOVE HOTEL》

将临幸当作布施,将性爱视同毁灭,"行云布雨,沿着最美的毁灭的捷径"。至此,这种自大狂与自恋狂并发的症状,恰恰印证了巴塔耶《色情史》里的话:为我们展现毁灭与死亡的焦虑总是与色情相连。

纵观杨炼三十年的写作，构成了一个又一个大小不等的同心圆，圆心就是这个男权中心的，性爱、毁灭与创造合一的神秘主义观点。我们固然不能将诗中的主角等同于作者，要学会把叙述者与写作者剥离，但这成不了杨炼的遁词，因为在他的诗中，那个大写的自我如此凸出，已经成为他个人风格的标志，像一杆旗帜鲜明的不倒金枪。

那么，当年杨炼写《诺日朗》，有没有可能是用反讽的方式，来指控一个父权宰制的意识形态，来影射经过"文革"的天地翻覆之后，一种可怕的美已经诞生？应该不会吧？哪里会有如此高亢饱满的反讽呢？那么，人们不禁要问——我还记得这一句"黑话"——朦胧诗是以某种威权意识形态的对立形象而出现的，怎么也会写出沾染了其对立面核心要素的东西？这牵涉到迫害者与被迫害者之间的同构性。比如北岛的英雄主义的叙说，背后都让人想起一个特殊材料做成的人。阿城曾经讲到过："文革"的文化本质是狭窄与无知，反对它的人很容易被它的本质限制，而在意识上变得与它一样高、矮、肥、瘦。这不，"文革"结束了，天地开创了，时间开始了……《诺日朗》的创世神话，复制了这一深层的心理结构。它残酷地证明，一个人多么难于挣脱他的时代，如同挣脱他的皮肤。

2011 年 4 月 25 日

诺日朗 | 杨 炼

一 日潮

高原如猛虎,焚烧于激流暴跳的万物的海滨
哦,只有光,落日浑圆地向你们泛滥,大地悬挂在空中

强盗的帆向手臂张开,岩石向胸脯,苍鹰向心……
牧羊人的孤独被无边起伏的灌木所吞噬
经幡飞扬,那凄厉的信仰,悠悠凌驾于蔚蓝之上

你们此刻为哪一片白云的消逝而默哀呢
在岁月脚下匍匐,忍受黄昏的驱使
成千上万座墓碑像犁一样抛锚在荒野尽头
互相遗弃,永远遗弃:把青铜还给土,让鲜血生锈

你们仍然朝每一阵雷霆倾泻着泪水吗
西风一年一度从沙砾深处唤醒淘金者的命运
栈道崩塌了,峭壁无路可走,石孔的日晷是黑的
而古代女巫的天空再次裸露七朵莲花之谜

哦,光,神圣的红釉,火的崇拜火的舞蹈

洗涤呻吟的温柔，赋予苍穹一个破碎陶罐的宁静
你们终于被如此巨大的一瞬震撼了么
——太阳等着，为陨落的劫难，欢喜若狂

二 黄金树

我是瀑布的神，我是雪山的神
高大、雄健，主宰新月
成为所有江河的唯一首领
雀鸟在我胸前安家
浓郁的丛林遮盖着
那通往秘密池塘的小径
我的奔放像大群刚刚成年的牡鹿
欲望像三月
聚集起骚动中的力量

我是金黄色的树
收获黄金的树
热情的挑逗来自深渊
毫不理睬周围怯懦者的箴言
直到我的波涛把它充满

流浪的女性，水面闪烁的女性
谁是那迫使我啜饮的唯一的女性呢

我的目光克制住夜
十二支长号克制住番石榴花的风
我来到的每个地方,没有阴影
触摸过的每颗草莓化作辉煌的星辰
　　在世界中央升起
占有你们,我,真正的男人

三　血祭

用殷红的图案簇拥白色颅骨,供奉太阳和战争,
用杀婴的血,行割礼的血,滋养我绵绵不绝的生命
一把黑曜岩的刀剖开大地的胸膛,心被高高举起
无数旗帜像角斗士的鼓声,在晚霞间激荡
我活着,我微笑,骄傲地率领你们征服死亡
——用自己的血,给历史签名,装饰废墟和仪式

那么,擦去你的悲哀!让悬崖封闭群山的气魄
兀鹰一次又一次俯冲,像一阵阵风暴,把眼眶啄空
苦难祭台上奔跑或扑倒的躯体同时怒放
久久迷失的希望乘坐尖锐的饥饿归来,撒下呼啸与赞颂
你们听从什么发现了弧形地平线上孑然一身的壮丽
于是让血流尽:赴死的光荣,比死更强大

朝我奉献吧!四十名处女将歌唱你们的幸运

晒黑的皮肤像清脆的铜铃,在斋戒和守望里游行
那高贵的卑怯的、无辜的罪恶的、纯净的肮脏的潮汐
辽阔记忆,我的奥秘伴随着抽搐的狂欢源源诞生
宝塔巍峨耸立,为山巅的暮色指引一条向天之路
你们解脱了——从血泊中,亲近神圣

四　偈子

为期待而绝望
为绝望而期待

绝望是最完美的期待
期待是最漫长的绝望

期待不一定开始
绝望也未必结束

或许召唤只有一声——
最嘹亮的,恰恰是寂静

五　午夜的庆典

〔开歌路〕
领:午夜降临了,斑斓的黑暗展开它的虎皮,金灿灿地闪耀

着绿色。遥远。青草的方向使我们感动,露水打湿天空,我们是被谁集合起来的呢?

合:哦这么多人,这么多人!

领:星座倾斜了,不知不觉的睡眠被松涛充满。风吹过陌生的手臂,我们紧紧挤在一起,梦见火,又大又亮。孩子们也睡了。

合:哦,这么多人,这么多人!

领:灵魂战栗着,灵魂渴望着,在漆黑的树叶间寻找一块空地。在晕眩的沉默后面,有一个声音,徐徐松弛成月色,那就是我们一直追求的光明吗?

合:哦,这么多人,这么多人!

〔穿花〕
诺日朗的宣谕:
唯一的道路是一条透明的路
唯一的道路是一条柔软的路
我说,跟随那股赞歌的泉水吧
夕阳沉淀了,血流消融了
瀑布和雪山的向导
笑容荡漾袒露诱惑的女性
从四面八方,跳舞而来,沐浴而来
超越虚幻,分享我的纯真

〔煞鼓〕
此刻,高原如猛虎,被透明的手指无垠地爱抚

此刻,狼藉的森林蔓延被踩躏的美,灿烂而严峻的美
向山洪、向村庄碎石累累的毁灭公布宇宙的和谐
树根像粗大的脚踝倔强地走着,孩子在流离中笑着
尊严和性格从死亡里站起,铃兰花吹奏我的神圣
我的光,即使陨落着你们时也照亮着你们
那个金黄的召唤,把苦涩交给海,海永不平静
在黑夜之上,在遗忘之上,在梦呓的呢喃和微微呼喊之上
此刻,在世界中央。我说:活下去——人们
天地开创了。鸟儿啼叫着。一切,仅仅是启示

(1983年)

乡土风流的影像志
——读匡国泰的《一天》

> 我想帮助你们在平淡中找到美。我想帮助你们重新观看并超越你们看待事物的传统方式。这个星期我们将一起来进化我们的眼睛。我们将一起重新教育自己。
>
> ——《樱桃的滋味：阿巴斯谈电影》

二十五年前，1992年，匡国泰的组诗《一天》获得台湾《蓝星》诗刊的屈原奖首奖，一时好评如潮。大家突然看到有这样一种诗，用近乎不成诗的口语写成，却写得如此美丽，将醇厚的乡土气息与新颖的现代感性结合得如此完美，的确很受冲击。经过了长时期现代主义的晦涩，虽经乡土文学的洗礼，台湾诗人仍然很难用既朴实又华丽、既乡土又典雅的文字来描写乡村生活，所以《一天》真正是一新耳目，获得大奖也是实至名归。

匡国泰是湖南湘西隆回地方人，二十世纪八十年代中期至九十年代中期写了不少好诗，结集为《青山的童话》、《鸟巢下的风景》、《如梦的青山》三本诗集，然后就专事摄影，仿佛从诗坛消失了。他似乎是带着自己的《一天》消失的。由于《一天》的获奖尚在两岸文化交流之初,彼岸的影响并不曾同步扩展到此岸来。何况此诗处理的乡土主题也属边缘,所以,好几方面的因素综合起来,导致对《一天》的曝光和聚焦程度严重不足,大家渐渐忘记了它的存在,独一无二的存在。

在匡国泰出道之初,李元洛就为文盛赞:"匡国泰能以诗的心灵和眼光去感应外在世界和宇宙万象,以直觉思维的形式敏锐而新创地获得形象的感受,同时用文字一一定型为清新独到的鲜活的意象,于是,平凡的场景顿生诗意,日常的生活忽发光采,人们所习见为常的自然景观也被赋予了灵性。"(李元洛:《青山有约——读匡国泰诗展》,载台北《蓝星诗刊》第21号,1989年10月)但后来关于匡国泰的诗评却不多,而且基本上都发表在湖南文联主办的《理论与创作》杂志上。再说,《一天》这首诗一看就懂,没有一句不好懂。它太单纯了,单纯到像水一样。我们可以分析酒,分析香水,可是对水没什么好分析的。越是单纯的艺术,越不好讲。

其实,这是错觉。《一天》看起来是水,品起来是酒。

一 回／空

《一天》这首诗,一开头就标示了具体的时间和地点——

    时间:公元一九九一年农历十月十四日
    地点:中国湘西南山地某村

如此具体，又如此随机。公元加上农历，开启了这首诗新旧并置的模式。公历本是西方基督教世界的历法，应叫西历，至今中国民间还称之为阳历，而把农历称为阴历。《一天》杂用阳历和阴历，是标志性的现代与传统的融合。而诗人显然对传统的情意更重，所以让他的这组诗沿着十二地支计时法的时辰展开。整首诗从《卯时：天亮》，然后辰、巳、午、未、申、酉、戌、亥、子、丑，十二时依次写来，最后写到《寅时：鸡鸣》，又是新的一天开始，一头一尾都是东方既白的意象，形成了一个轮回，已然托出一个生生不息、循环不已的深层结构。

中国过去的干支纪年法，十天干、十二地支一路参差相配，每六十年一甲子，然后又重新轮回。人们记忆中的都是甲申年、辛亥年有过什么事，但一年一年增加的感觉并不鲜明，不像公历。而十二地支的计时，卯时就是卯时，未时就是未时，巳时就是巳时，跟前后一个时段相比也没有一个明显的增长标志和前后关系，大有别于我们现在的二十四小时计时。现在，我们总觉得八点钟比七点钟过了一个小时，九点钟比八点钟又多了一个小时。基督教的线形思维方式，把历史看作一种直线向前的、无限上升的、永不回复的东西。具体到每一天，虽然不断从二十三点回到零点，却并不显示一种循环。但《一天》的一九九一年却好——1991，是一个具体而微的无往不复之相。

组诗《一天》就镶嵌在这样一个轮回的结构里。"回"是诗中的核心词。汉字的"回"有点特别，有点像英文 cycle 里两个 c 给人的滚动感，《说文》："回，转也。从口，中象回转之形。"汉字的"回"正是两个回转的象形。《一天》开头是"乳白的晨曦／挤

在齿状的远山上",最后又是"曙色像绵羊一样爬上山岗",是一个回转。中间也无处不回转着,比如《酉时:日落》:

> 太阳每天衰老一次
> 残留在山脊上的夕照,是退休金么
> 爷爷蹲在暮霭里
> 磅礴着一声不吭
> 似乎不屑于理会
> 那一抹可怜的抚恤
>
> 悬念比蛛丝更坚韧
> 告别这世界时,爷呵
> 别忘了对落日说一声:
> 且听下回分解

太阳每天衰老一次,而又每天年轻一次。夕阳残照是退休金,这个比喻好,比T.S.艾略特的麻醉病人躺手术台更显得浑然天成。第一,太阳落下去就是退休了;第二,金是黄色,金黄的黄昏。"日薄西山,气息奄奄,人命危浅,朝不虑夕",这是李密《陈情表》里的祖母。而诗中的祖父,一个农民爷爷,是没有退休金的。但是,他"蹲在暮霭里 / 磅礴着一声不吭 / 似乎不屑于理会 / 那一抹可怜的抚恤"。年事已高,行动不便,爷爷逐渐衰老在暮霭里,但是他依然"磅礴",这就是深邃的历史的底气。注意,"蹲"字去掉"足"字旁就是"尊"字,前面的《辰时:早餐》有

乡土风流的影像志 **19**

"上席的爷爷是一尊历史的余粮"。一尊的爷爷，十足的尊严，"似乎不屑于理会／那一抹可怜的抚恤"，曝背翁身上那最后一抹阳光，那点儿可怜的热度已经安慰不了，补助不到，老人家已不屑于理会了。世俗的亏待他无所谓，来日的有限他不在乎，他什么时候告别这世界，却是"比蛛丝更坚韧的""悬念"。蛛丝是最纤细的，看上去最不坚韧的，但据说从单位的强度来看又远远超过任何一种金属。这是一个悖论，又隐含一个成语：命悬一线。殊不知这一线将柔韧而持久：在夕阳中要死了，在暮霭里又要死了，但就是不死，又活下去了。何况人固有一死，死了还可以往生，所以说，"告别这世界时，爷呵／别忘了对落日说一声"——

且听下回分解

这是旧日章回小说每回结束时的一句套话，简直成为中国人生命意识的隐喻。"在我的结束中是我的开始。""我们叫做开始的往往就是结束／而宣告结束也就是着手开始。／终点是我们出发的地方。"艾略特《四个四重奏》用那么复杂的思辨才达致的结论，《一天》以更简练而丰润的方式就给出来了。

与"且听下回分解"的时间中的轮回观念相应的，是《一天》中空间的回归意象。《子时：戴月》写到"山谷里的／一个小小人影儿"的"回家"，这是从异乡回来的打工者，如被榨干后的"一粒剩余价值"。《亥时：关门》则有"回来呵！"这一"柴扉里传来招魂般的呼唤"。而所有的"回"，无论是时间里的循环往复，还是空间里的离合聚散，最终都镶嵌在一个"空"中。我们来看其中一个切片《申时：窖红薯》：

> 以一坨坨壮硕的沉默
> 父亲把手伸进窖里
> 填空（ ）
>
> 完了用一块块木板把窖门封起来
> 板子的顺序号码是：
> 一二三四五六七……
>
> 四顾无人
> 寂静的岁月是一个更大的
> 空

填空（ ），数数一二三四五六七，有点像稚拙画，很幼稚，很笨拙，却充满踏实的丰收的感觉，所谓手中有粮，遇事不慌。"寂静的岁月是一个更大的／空"，一下子提升到玄学高度。这个"更大的／空"，小而言之，是对应前面小小的"填空（ ）"。括号本身就是空，里面没有内容，然后被填充进我们日常的生活。大而言之，日常的生活都发生在寂静的岁月里，而无边无际的寂静的岁月是更大的空。所有人，所有活动，都是在填空岁月的括弧。台湾成功大学仇小屏教授曾说：

> 两节三行的篇幅涵盖了空间与时间，而且这两者都是

"空"。所以我们可以发现全篇是如此布局的:一、二节着眼于人事界,那是"填空";三、四节着眼于自然界,那是"空"。而且时空从当下的一点,扩向四方以及恒久的寂静岁月,既掌握了眼下的"有",可是更令人感受到绵远的"无",那种温润中含着苍凉的况味,实在是非常深刻的呀。(《从章法角度分析匡国泰组诗〈一天〉》,见《南通纺织职业技术学院学报》第4卷第1期,2004年3月)

但是,这种静态的时空观念是古典的而非现代的。所以,在组诗最后的《寅时:鸡鸣》,出现了奇情异想的一问:

鸡叫二遍
梦游者悄然流落异乡
(时间穿多少码的鞋子?)

"时间穿多少码的鞋子?"仿佛是《庄子·应帝王》那则寓言里"倏"与"忽"对"混沌"的好奇。在《一天》的世界里,十二时辰由日月指示做惯性推移,时刻分秒从未被清晰地意识,但最后诗人或在暗示,不同于昨日世界的无差别界,现代世界是可以被精确计量的,正如时间有刻度。小山村完美的自洽,似乎受到了质疑。

二 人／事

我曾盛赞胡兰成《今生今世》中的《韶华胜极》那一章所写

的人世的风景,说"他总是把一些十分具体的场景放到悠远的时空中去打量,仿佛镜头一下子拉长,遂使一时一地的此情此景,给万象与千年一衬,平添出一份深邃与庄严"。在一个小得多的形制里,以一种精约得多的手法,匡国泰的《一天》为我们描绘了同样的"人世的风景"。组诗中贯穿着男女老少的日常生活,他们像是一家人,又未必是一家人。其中的爷爷、父亲、母亲、女儿,都是无名的、共名的存在,在循环不息、悠远无尽的岁月中,在"乳白的晨曦"、"山脊上的夕照"、"远山弱小的星星"、"苍茫月色"的布景下,各做各事。

《卯时:天亮》以孩子的新鲜眼光打量世界开始了这一天,紧接着就是《辰时:早餐》里的一家子集体亮相:

> 堂屋神龛下
> 桌子是一块四方方的田土
> 乡土风流排开座次
>
> 上席的爷爷是一尊历史的余粮
> 两侧的父母如秋后草垛
> 儿子们在下席挑剔年成
>
> 女儿是一缕未婚的炊烟
> 在板凳上坐也坐不稳……

一开始的《卯时:天亮》,有"耀眼的门环",说明是乡间颇有年份的大宅。有了大宅就有堂屋（正堂），有神龛。八仙桌端方四正，"乡土风流排开座次"，这早餐很庄严而有仪式感，古老的规矩相当严格：上席是爷爷，两侧是父母，儿女在下席。

一般人写诗，大概写得到"两侧的父母如秋后草垛"，写不到此前此后的两行。丰收了，收割了，精华已不复存在，于是疲惫了，荒芜了，写出了辛劳和奉献的形象。但是，"上席的爷爷是一尊历史的余粮"，乍一看，每个字的搭配都那么无理，可组合在一起就那么好，那么富有内涵。词之间的过渡很微妙，"一尊余粮"是讲不通的，可是借"历史"一勾连就成了。关键在于这个"一尊"让我们想到一尊塑像。爷爷已经年纪大了，快要告别这世界，走进历史了。这个"余"是剩余的"余"，是被历史侥幸剩下来的。你会想爷爷的生涯多么复杂，能活到今天是多么不容易。那是从1942年、从1960年"余"下来的一点活命的粮食。从爷爷的余粮，经过父母的秋后的草垛，到儿子们在下席挑剔年成，从匮乏到温饱的不一样的三代人。爷爷应该是七八十岁，父母四五十岁，儿女一二十岁。一个高手能一行写出一个时代，三行就把三个时代写出来。臧克家也写过《三代》，有点干巴巴："孩子 / 在土里洗澡 / 爸爸 / 在土里流汗 / 爷爷 / 在土里葬埋。"

三代人角色不能颠倒。爷爷和父母有饭吃就不容易了，但浑小子们不知稼穑之艰难，饭菜不好便嘟嘟囔囔地埋怨。"挑剔"二字极精准，筷子在碗里"挑"起来"剔"出去，而"挑剔"又是找茬的意思。儿子们在挑挑拣拣，而女儿却食不知味，她不关心这个，因为她已经许下了人家，一心向嫁了：

女儿是一缕未婚的炊烟
在板凳上坐也坐不稳……

戴望舒写过一首《村姑》，打水回来的"她"是抿嘴笑着的，一心想着那在树下吻她的鲁莽的少年。这里的女儿心思也已经不在家里了。"炊烟"指出了女孩在未来生活里的角色定位，嫁出去也是主中馈之事，做炊事。"一缕未婚的炊烟"却是现在的女儿。袅袅上升的炊烟喻示了少女袅娜的体态，"坐也坐不稳"既写心不定，也写人活泼。此诗的"未婚"跟后面《亥时：关门》的"拒婚"是联系起来的。

《亥时：关门》是组诗中最美的一首：

一个少女犹如拒婚
把挤进门的山峰轻轻推出去
说：太晚了

"回来呵！"
柴扉里传来招魂般的呼唤
远山弱小的星星能听见么

砰，整个地球都关门了
母体内有更沉重的栓

王安石《书湖阴先生壁》有"两山排闼送青来"的诗句，化静为动，拟物于人，极为生动。匡国泰翻新出奇，写山峰如求婚者想要挤进门来，却被轻轻推出去，更是妙绝。"太晚了"，你来得太迟了，因为我已经许给别人家了。一声感喟，似有错失姻缘的惆怅，而轻轻推出去的动作又如此温柔。这温柔的情态，很好地呼应了《辰时：早餐》的那"一缕未婚的炊烟"。

门关上了，野孩子还在外面野。"招魂般的呼唤"是母亲的呼唤，"弱小的星星"般的孩子，是《卯时：天亮》里肩扛柴耙走出耀眼的门环的那位？还是《戌时：点灯》里点亮像一粒红枣的灯的那位？别看只是单纯的一天，出现的人物很多，中心人物就是爷爷、父母、儿女，但是还有扛着柴耙扒柴的孩子，点灯的孩子，最后还有夜啼的小儿。此即《未时：老鹰叼鸡》所谓的"世世代代"。

过去的老宅，前有门环后有栓，很大的木栓。"母体内有更沉重的栓"，"母体"何指？是大地母亲，是整个地球。夜深了，劳累一天的人们安息了。时间在此是一个节点：地球关门了。在群山万壑间的小山村里，对大地关门的感受会真切得多。少女轻轻推出去的关门很温柔，大地之母的砰的一声关门很沉重。"母体"自然叠加了组诗中的母亲形象。从《辰时：早餐》"如秋后的草垛"，到《戌时：点灯》"背一捆从地里割回来的薯藤／一捆极度疲软的夜色"，母亲"肩荷着那伟大的疲倦"（郑敏：《金黄的稻束》），到此终得歇息，可以沉酣入梦了。

三　影像志／阿巴斯

《一天》里的乡土风流，是以影像志的形式呈现的。匡国泰是摄影师，职业习惯使他具有一双取景框式的眼睛，使他呈现意象的方式迥异常人。如一开始的《卯时：天亮》：

乳白的晨曦
挤在齿状的远山上
喂，请刷牙

一个孩子从耀眼的门环中走出
扛在肩上的柴耙像一枝巨大的牙刷
好像去参加节日前的大扫除

"杭育、杭育"
搬开童年的一粒眼屎
看见姊姊的牙齿
刷得像东方一样白

分明是三个镜头。第一个是远景，乳白的晨曦牙膏一样挤在齿状的远山上。第二个是近景，一个孩子肩扛柴耙从耀眼的门环中走出。老宅子厚重的大门上，铜或者铁的门环被磨得锃亮，给清晨的阳光一照，反射出耀眼的亮点。一个小孩子从里面走出来，背着一个大柴耙，画面感极为强烈，手法又极为精确，让镜头聚焦在耀眼的门环。然后，紧接着第三个，给了个特写，姐姐的牙齿刷得像东方一样白，但妙的却是从小弟弟的角度去看取。弟弟还在懵懵懂懂揉眼睛，等着洗脸，而姐姐已经刷好牙了。这是每

乡土风流的影像志

一家清早起来催着盥洗的必修课。三个镜头的九行诗，一气呵成，水乳交融，精确到每一个字，以及字与字的勾连呼应：乳白、挤、齿状、请刷牙、牙刷、刷得像东方一样白，一整个刷牙的过程，是生动而又贴切的套装比喻。

摄影师喜欢聚焦，又喜欢明暗对比。《戌时：点灯》是另一个上佳的例子：

> 背一捆从地里割回来的薯藤
> 一捆极度疲软的夜色
> 母亲在一帧印象派画深处喊：
> 娃，点灯
>
> 孩子遂将白天
> 藏在衣袋角里舍不得吃掉的
> 那一粒经霜后的红枣，摸索出来
> 亮在群山万壑的窗口
>
> 愈远愈显璀璨

上一节是极度疲软的夜色，下一节是愈显璀璨的灯光。"薯藤"接续了《申时》的窖红薯，"捆"字又应承了《辰时：早餐》的"两侧的父母如秋后草垛"，因为草垛总是一捆一捆地捆起来的。这是典型的中国农村里的农事，却突然插入"一帧印象派画"，有意干扰浑成的乡土气息，这是为什么？是为了追求艺术上的间离效果。在纯粹的农事诗中，诗人偏插入"印象派画"、"万有引力"、"剩余价值"这类专业知识语汇，仿佛入戏又出戏，既能置身其中，又要抽身其外，要的就是这种间离感，属于典型的现代手法。这幅印象派的画，让人想到梵高，想到梵高《吃土豆的人》的画面当中那一盏煤气灯。匡国泰写过一首诗叫《遥远的邻居——晚餐》："整个空间很静／邻居家晚餐了／暮色深暗处／集合着一群白瓷碗／／影影绰绰的脑壳／如散落在土地边缘的土豆／儿子与父亲的座位／隔着几十年距离"。其中"影影绰绰的脑壳／如散落在土地边缘的土豆"，自然有梵高的《吃土豆的人》的互文。"暮色深暗处"跟"白瓷碗"的明暗对比极为强烈，"白瓷碗"成为整个画面聚焦的亮点。

到了《子时：戴月》，则不仅有亮点，还指明了光源的来处：

月亮是广场上的灯
月亮照着毛茸茸的夜行者
月光从瓦缝射落
照彻桌子上的一只空碗，空碗里
一粒剩余价值如濛濛山谷里的
一个小小人影儿

视觉上的套盒设计更精巧。诗人叠加了两幅画面：月光从瓦缝射落而照彻桌子上的一只空碗，月亮像灯照着山谷里的一个小小人影儿。大而言之，月亮从中天照入山谷；小而言之，月光从瓦缝照彻空碗。空谷与空碗不借喻词而完成了等量齐观。"一粒剩余价值"与前面的"一帧印象派画"有同样的艺术间离效果,而极为经济地提点了夜归人的身份,他是到外面的城市里面打工、被剥削了剩余价值的人,回家了。他的"戴月"没有那么多诗情画意,不是陶渊明的"带月荷锄归",也不是《春江花月夜》的"不知乘月几人归,落月摇情满江树"。这个"剩余"的、"空"的人,使小山村跟外部世界有了一个接口。

摄影技术更为复杂的运用,是《巳时:变幻》,写母亲在里屋打开箱子翻衣服,一件蓝的,又一件绿的,不断地翻下去——

窗外的山就渐渐有了层次
(隐隐传来播种冬小麦的歌谣)

蓝蓝的天空,青青的麦地,摄影师的镜头里有室内的母亲翻衣服的近景,也有窗外的播种冬小麦的远景。"就渐渐有了层次",一个"就"字,似乎远山有了层次是母亲翻衣服翻出来的结果,但括号里的歌谣点明的播种冬小麦才是真正的起因。这是在打我们的马虎眼,用蒙太奇式的切换将两个无关的镜头剪辑到一起而生成新的意义。

匡国泰是一个用镜头写诗的摄影师。《未时:老鹰叼鸡》写小村一片惊慌,"许多脚跳起,又落下来",就是瞬间抓拍的镜头,一般人捕捉不了。匡国泰强调写诗和摄影都取决于用怎样的眼光看待事物,对生活是否敏感。他说过,一个真正的摄影家是诗人。但是,很早就有人批评道:"尽管这些风景小照是那样的精美,那么淡远而幽深,但终究是风景小照。要彻底摆脱小家子气,让自己的诗歌不仅仅是一种小摆设,就必须突破和超越风景小照这个层次。我很赞赏这样的说法:以摄影家的眼光去看世界,特别是写诗,是匡国泰诗歌的一个特点和长处,但也是他的短处和不足。""我们有理由希望,当诗人在摄取景物时,最好是把那个无形的'取景框'去掉,把自己所喜爱的'鸟巢'与对历史的思考联系起来,与时代的脉动联系起来。"(舒其惠:《扩大视域向高层跨越:读匡国泰的诗歌》,《中国文学研究》1992年第3期)

这样的批评并非没有理由,因为匡国泰的诗,主题偏小,形制也偏小。在绝大多数时候,他只写三行、五行,不超过十行的小诗,只怕写长了效果就会被削弱。除了《一天》,匡国泰还有大量俳句式的小诗,集束的小诗。仅举组诗《消失》为例:

> 河湾碧绿
> 泳动的白色手臂
> 如,初出茅庐的少女
> 如最初的光线
> 把漫长,伸出去
>
> ——《消失·夏至》

> 连绵起伏的群山
> 铁丝上的旧毛巾
> 飘
> 清贫的教师和涧流
> 秋天的搪瓷缸,很白
>
> ——《消失·秋分》

满眼飞絮
牛在自己胃里寻找粮食
意外地翻出一个春天
有一朵小花,仍在
等待嫁期

　　　　　　　　——《消失·小雪》

这就是匡国泰诗的标准结构。加缪说,真正的艺术作品是说得少的那个。2016年去世的伊朗著名导演阿巴斯·基阿鲁斯达米,这位《樱桃的滋味》的导演,也摄影,也写诗。他的俳句一样精巧的无题的小诗,仿佛精心摘下的樱桃,有滋有味:

樱花千万朵
蜜蜂啊
拿不定主意

春风不识字
却翻作业本
孩子趴在小手上
睡得香……

分娩的女人
醒来
身边五个闺女和她们睡着的爹

西川在为阿巴斯的诗集《随风而行》中译本所写的序中说：

> 放眼世界诗歌，在当代社会，像阿巴斯这样只写短小诗歌的人几乎没有。这表现出阿巴斯对待诗歌写作的克制，甚至是谦逊。我想这主要还不是诗人希望在风格上有所谋划。因为如果写短小诗歌成为了这个诗人的常在状态，那么这其中必有一种观念存在。阿巴斯的基本的观念应该是，经过选择的世界可以呈现于少许诗行。只有不事张扬的才华才能在一个稳定的状态下以少许诗行拿得住世界。（阿巴斯·基阿鲁斯达米：《随风而行》，广西师范大学出版社，2007年，第21页）

西川对阿巴斯的说明与评价，可直接替换到对匡国泰："他持续书写的结果，就是使不同的几首小诗构成了'一首'稍长一些的诗，我们或者也可以称之为'小组诗'。不过，阿巴斯始终使用极短诗的形式，以免观察的惊喜被稀释掉。"除了组诗《一天》的十二时影像志，匡国泰还有写二十四节气的《消失》，都是以片段构成的"小组诗"，它们都是一颗珠子一颗珠子看似松散地收拢在一起，但其中又有一根线索串连起来。所以阿巴斯也好，匡国泰也好，作为摄影师，他们的感觉首先都是视觉的，会在一瞬间把事物的可感性逼到极限，形成十足的视觉密度和视觉厚度。

可是，强调视觉的厚度和密度的形象，经常要降低语法的复杂性，切断节奏的连续性，文字上呈现出极简主义的风格。《一天》就是简约的诗行，唯能以少少许胜多多许。这跟阿巴斯的电影如出一辙。阿巴斯的学生说他："手法敏捷熟练，阿巴斯的电影那表面上的简洁很有欺骗性,掩饰了编排上复杂、错综和精确的设计。他的作品背后的大胆观念和技术成就几乎从未立刻显现,这意味着这些电影可能显得随意而不加控制,有时甚至业余。"(阿巴斯·基阿鲁斯达米:《樱桃的滋味:阿巴斯谈电影》,btr 译,中信出版社,2017 年,第 7 页)匡国泰的诗不也是简直不像诗么?那是淡如水的语言,却有醇如酒的品质。

阿巴斯和匡国泰如此相似。他们又都偏爱黑与白、大与小、长与短、动与静的强烈对比。如阿巴斯的"雪色茫茫／冒出矿井的工人／刺痛了眼睛","火车嘶鸣着／停住／蝴蝶在铁轨上酣睡",如匡国泰的"透明又朦胧的鸟蛋／从黑色巢窝里旋出／轻轻磕碰着山角／淡然的汁液／濡湿遍地怀想","一根七岁的牛绳／牵着古老的群山在蹒跚","奶奶的蒲扇那么大／山村那么小"。但大多数时候他们并不刻意追求戏剧性的对比。而恰恰就是在这些没有戏剧性的地方,这个世界如其本然地存在着。摄影是平面的、直观的,但却指出了人生的深度,世界的深度,还有美的深度。

四 诗／史／思

如果说匡国泰执着于写乡村题材,而取景偏小,便认定他的诗无法"与对历史的思考联系起来,与时代的脉动联系起来",则大有可议。时代的脉动难道不可以起搏在湘西南小山村的毛细血管里?历史的思考难道不可以渗透到日常生活的喜忧哀乐中?这种对"革命后的第二天"的轻忽,是被大历史和大时代的宏大叙事裹挟了的知识分子的普遍症候。但是,西川说得好:

> 阿巴斯所关心的,既不是我们常见的我需要一个什么样的世界的问题,也不是世界需要一个什么样的我的问题。他的世界,基本上,除了劳作的人们就是自然。在他的世界中他隐去了自己,可能正是因此,这世界才为阿巴斯所占据。(阿巴斯·基阿鲁斯达米:《随风而行》,第22页)

列斐伏尔(Henri Lefebvre)在《日常生活批判》(*Critique of Everyday Life*)中,认为单调、重复的日常生活中隐含着深刻的内容。马克思的改变世界,何尝不包括让人的力量参与和渗透到平凡生活的细枝末节中去呢?列斐伏尔说:

> 日常生活与一切生活有着深层次的联系,并将它们之间的种种区别和冲突一并囊括于其中。日常生活是一切活动的汇聚处,是它们的纽带,它们的共同的根基。也只有在日常生活中,造成人类的和每一个人的存在的社会关系总和,才能以完整的形态与方式体现出来。(刘怀玉译文)

列斐伏尔将日常生活理解为永恒的平淡轮回与瞬间的神奇超越的辩证统一,这说法颇能帮助我们真正地认识《一天》的价值。作者既写出了人在日月山川的自然里年复一年、日复一日的生活,也写出了某些瞬间不可思议地超脱庸常的神妙。"搬开童年的一粒眼屎 / 看见姊姊的牙齿 / 刷得像东方一样白",这么轻轻地一点拨,就重新发现了现实的神奇别致。这组诗常用儿童的眼光来看,用稚拙画的笔触来写。"喂,请刷牙","板子顺序号码是: / 一二三四五六七……","哎呀呀／曙色像绵羊一样爬上山岗",匪夷所思的口语一经说出,生活的平淡庸常便被激活了,被赋予灵韵了。

《一天》的世界是劳作的世界。父亲窨红薯,母亲背薯藤,男人种小麦,女人翻衣服,孩子扒柴草,连披星戴月的夜行人也是从远方回家的打工者。列斐伏尔认为,在前现代社会,与日常生活直接相连的是生产性劳动,它们与自然世界的节奏和周期直接相应。在劳动中,每个细节,手势、工具、语言等,都打上了风格的印记,没有任何东西是单调的,每样东西都有自己的个性和风格,即使日常生活也是如此。在《一天》里,日常生活的细节被放大,是通过延缓时间的凝视造成的。你看母亲翻衣服:"一件蓝的／又一件绿的／不断地翻下去";再看父亲窨红薯:"把手伸进窨里／填空（　）","一二三四五六七……"。这是一种全身心的投入,在这种投入中,黑格尔发现了艺术的自觉与美的本质:

> 人有一种冲动,要在直接呈现于他面前的外在事物之中实现他自己,而且就在实践过程中认识他自己。人通过改变外在事物来达到这个目的,在这些外在事物上面刻下他自己内心生活的烙印,而且发现他自己的性格在这些外在事物中复现了。人这样做,目的在于要以自由人的身份,去消除外在世界的那种顽强的疏远性,在事物的形状中他欣赏的只是他自己的外在现实。(黑格尔:《美学》第一卷,朱光潜译,商务印书馆,1979年,第39页)

《一天》里面,有些时辰显然属于过渡性质,比较弱一点,为什么呢？禅师喜欢说"日日是好日"，可是句句是好诗却不成。爱伦坡说过，长诗只能是真正精粹的纯诗片段和一些相对平弱的段落的连缀，不可能从头到尾一直精彩下去的。拿《一天》来说，《午时：怅惘》和《丑时：婴啼》是两个最弱的片段，属于走过场，一个提到没有档案的儿童，一个写到夜哭不止的婴儿，写法上也都用了虚招。因为这是正午和后半夜两个空当，没有劳作，只有休息。此诗一开头，"一个孩子从耀眼的门环中走出／扛在肩上的柴耙像一枝巨大的牙刷／好像去参加节日前的大扫除"，已经奏响了一天里劳动的序曲。等到了结尾，"鸡叫头遍／发现身边，竟斜斜地躺着／地图上一段著名的山脉"，这是劳作了一天的女子的酣眠仍在持续。

林语堂说："中华民族的生命，好像是在迂缓而安静地向前蠕动着，这是一种沉着坚定的生活的范型，不是冒险进取的生活的范型；其精神与道德习惯亦相称而具和平与消极之特征。"（《吾国与吾民》，江苏文艺出版社，2010年，第37页）这段话有褒有贬。对于典型的中国农村社会与农业生活，匡国泰是不是有褒无贬呢？也不。他曾写过这样的诗句："炊烟是一缕被软禁的忧伤／藤蔓在篱笆以外垂下梦想。"可见他的无限依恋中也有些许遗憾，甚至委婉的批评。他为我们摄取的一个个日常生活的原生态片段，如此美妙，却并非没有疲惫，没有贫穷。父亲以"壮硕的沉默"来窖红薯，母亲从地里背来一捆疲软的薯藤，"两侧的父母如秋后草垛／儿子们在下席挑剔年成"，连点灯的孩子摸索出来的那一粒红枣，也是白天藏在衣袋角里舍不得吃掉的。这些围绕着基本生存状况的细节描写，其中引人心酸的部分，诗人不可能视而不见。他写

乡土风流的影像志

"退休金"逗出的城乡差别,写"剩余价值"点到的农民进城打工受剥削,无不暗喻着这个小山村与外部世界的紧张。"上席的爷爷是一尊历史的余粮",一句就写出了国人几十年中的穷苦和磨难。我们不能视《一天》为纯粹的田园诗,而看不见诗中的历史感与时代性。

所以说,这首《一天》,弥足珍贵,事实上既承续了一个旧的传统,又延续了一个新的传统。新的传统是现代的乡土文学传统,有鲁迅的《呐喊》《彷徨》,沈从文的《边城》《长河》,废名的像唐人绝句一样的《桥》,还有汪曾祺。我曾经说,新文学伊始,乡土中国的乡村书写不外乎两种写法:一种是鲁迅式的批判,一种是废名式的赞美。迄今为止,很少有乡土写作越得出这两种框架,关键就在于"隔"。但匡国泰是不"隔"的,他之于乡村,不是外在的对象化了的视角,他是沉浸其中的,更接近于他的湘西老乡沈从文在《长河·题记》所说的:"写写这个地方一些平凡人物生活上的'常'与'变',以及在两相乘除中所有的哀乐。"如果细加考察,匡国泰在乡土书写这样一个序列里面的位置相当独特。《一天》承续的旧的传统,是中国悠久的田园农事诗的传统,像范成大的《四时田园杂兴》,由六十首绝句组成,写一年四季的农家生活,跟匡国泰的《一天》十二时可以互文。范成大用绝句,而不是用五古或七古来书写农人农事,而绝句也总是选择最富有包蕴性的镜头:"蝴蝶双双入菜花,日长无客到田家。鸡飞过篱犬吠窦,知有行商来买茶。""新筑场泥镜面平,家家打稻趁霜晴。笑歌声里轻雷动,一夜连枷响到明。""榾柮无烟雪夜长,地炉煨酒暖如汤。莫嗔老妇无盘飣,笑指灰中芋栗香。"古人没有摄影,但范成大的绝句就是一帧一帧照片，正是匡国泰《一天》的先行者。

这组诗中，有一个隐秘的"回家"的"口令"。如果说《戌时：点灯》里诗人用"一帧印象派画"牵涉了梵高的话，他又用一个成语"群山万壑"联系了杜甫。那个点灯的娃子将一粒经霜后的红枣摸索出来，"亮在群山万壑的窗口 // 愈远愈显璀璨"，出处正在杜甫《咏怀古迹》之二的"群山万壑赴荆门，生长明妃尚有村"。一般说"千山万壑"，以"千"对"万"，老杜偏说成"群山万壑"，这是为什么？《随园诗话》认为，"群"一改成"千"字便不入调，估计是因为"群"字撮口呼，声音低沉，"千"字开口就单薄了。匡国泰在《一天》里，又在《消失》里，用"群山万壑"不用"千山万壑"，这是有意的，更是有心的。如果没有一点历史感的话，开口便错。至于王安石的"两山排闼送青来"，被匡国泰幻变成"一个少女犹如拒婚／把挤进门的山峰轻轻推出去／说：太晚了"，恐怕连拗相公也会服输的。

2017 年 11 月 15 日

一 天 | 匡国泰

时间:公元一九九一年农历十月十四日
地点:中国湘西南山地某村

卯时:天亮

乳白的晨曦
挤在齿状的远山上
喂,请刷牙

一个孩子从耀眼的门环中走出
扛在肩上的柴耙像一枝巨大的牙刷
好像去参加节日前的大扫除

"杭育、杭育"
搬开童年的一粒眼屎
看见姊姊的牙齿
刷得像东方一样白

辰时:早餐

堂屋神龛下

桌子是一块四方方的田土
乡土风流排开座次

上席的爷爷是一尊历史的余粮
两侧的父母如秋后草垛
儿子们在下席挑剔年成

女儿是一缕未婚的炊烟
在板凳上坐也坐不稳……

巳时：变幻

母亲在里屋
打开箱子翻衣服

一件蓝的
又一件绿的
不断地翻下去

窗外的山就渐渐有了层次
（隐隐传来播种冬小麦的歌谣）

午时：怅惘

鸟中午休息

天空干干净净,没有任何墨点
如没有档案的儿童

未时:老鹰叼鸡

"老鹰叼鸡啰!"
小村一片惊惶

许多脚跳起,又落下来
(多谢喙下留情
没有把万有引力叼到天上去)

"慌什么?"
村前的古樟树咕哝着脱了袜子
把世世代代的根
伸到溪涧里去濯洗

申时:窖红薯

以一坨坨壮硕的沉默
父亲把手伸进窖里
填空( )

完了用一块块木板把窖门封起来

板子的顺序号码是:
一二三四五六七……

四顾无人
寂静的岁月是一个更大的
空

酉时:日落

太阳每天衰老一次
残留在山脊上的夕照,是退休金么
爷爷蹲在暮霭里
磅礴着一声不吭
似乎不屑于理会
那一抹可怜的抚恤

悬念比蛛丝更坚韧
告别这世界时,爷呵
别忘了对落日说一声:
且听下回分解

戌时:点灯

背一捆从地里割回来的薯藤

一捆极度疲软的夜色
母亲在一帧印象派画深处喊：
娃，点灯

孩子遂将白天
藏在衣袋角里舍不得吃掉的
那一粒经霜后的红枣，摸索出来
亮在群山万壑的窗口

愈远愈显璀璨

亥时：关门

一个少女犹如拒婚
把挤进门的山峰轻轻推出去
说：太晚了

"回来呵！"
柴扉里传来招魂般的呼唤
远山弱小的星星能听见么

砰，整个地球都关门了
母体内有更沉重的栓

子时：戴月

月亮是广场上的灯
月亮照着毛茸茸的夜行者
月光从瓦缝射落
照彻桌子上的一只空碗，空碗里
一粒剩余价值如濛濛山谷里的
一个小小人影儿

好像灌木丛里窸窣窸窣响

"口令?!"
"回家。"

丑时：婴啼

一根根电杆在苍茫月色里浮动
电杆上贴着一张张纸片：
天青地绿，小儿夜哭
请君一念，日夜安宿

寅时：鸡鸣

鸡叫头遍

发现身边，竟斜斜地躺着
地图上一段著名的山脉

鸡叫二遍
梦游者悄然流落异乡
(时间穿多少码的鞋子?)

鸡叫三遍
哎呀呀
曙色像绵羊一样爬上山岗

(1991年)

言说的芬芳
——读张枣的《跟茨维塔伊娃的对话》

张枣这一组十二首的十四行诗《跟茨维塔伊娃的对话》,大概是当代汉语诗中最复杂的作品了。它的复杂性也跟张枣写作本身的复杂性相关。张枣是个语言天才,英文和德文都非常好,也懂法语和俄语,都有相应语种少量的诗歌翻译。而且,他从二十世纪八十年代就开始有意识地从西方汲取资源和能量,"特别想写出一种非常感官,又非常沉思的诗"。他也说自己是一个很用功的练功者,看待诗非常严肃,甚至严重,作品总是改了又改,又特别在意别人的意见,越到后来,眼界越高,出手也就越矜持。由于这非同一般的语言能力、感受能力和思考能力,张枣知道世界上最好的诗歌本来的样子是什么,而他又真的有使命感。事实上,把张枣的诗拿出来,其复杂精微的深度,一般作者不能比。所以我们这次来讲《跟茨维塔伊娃的对话》,其实是找了一个最困难的文本来解释。但我们读诗,解释诗,如果绕开那种最复杂、最具挑战性的文本,是不行的。问题是,正如张枣所说,"文学传达的不是意义,而是语言的感觉"(《关于〈长干行〉及其庞德英译本》)。他的诗就特重感觉,是活的句子。我们解释他的诗,便要参活句，而不能死在句下。

题目《跟茨维塔伊娃的对话》，会让我们想到里尔克，想到帕斯捷尔纳克，想到《三诗人书简》。那两位伟大诗人，跟茨维塔伊娃曾经有过爱情的对话。1926年，五十一岁的里尔克临死的那年，三十四岁的茨维塔伊娃，经过帕斯捷尔纳克的转介，跟里尔克通信，以狂热的崇拜与爱。里尔克也喜欢她，但两人到死也未曾谋面。而在此之前，帕斯捷尔纳克就已经热爱茨维塔伊娃了，而且维系了一生。茨维塔伊娃一生恋爱无数，这属于非常特殊、非常强烈的精神现象。张枣也在别处说过，茨维塔伊娃是一个"爱上爱情的人"："我自己觉得爱上爱情和爱上某个人是两种不同的方式，没有哪个对哪个错，而是哪个更好玩。"（《〈普洛弗洛克情歌〉讲稿》）所以，他虚拟了一场跟茨维塔伊娃的跨时空对话，既出于好玩的心态，也沿袭了茨维塔伊娃与里尔克和帕斯捷尔纳克那样一个诗的家族史的传统。

但是，如果我们对茨维塔伊娃本人的生活经历以及她所处的那个时代的背景事件一无所知，也不可能读懂这首诗。你得知道俄国十月革命之后的历史，二十年代的内战，三十年代的肃反。1922年，茨维塔伊娃因为丈夫的白军履历而流亡柏林和布拉格，在巴黎过了十四年贫寒困顿的生活。到了1939年又回到苏联，正值"大清洗"达到顶点，数不清的人都被从肉体上消灭了，文人作家也死了一大堆，比如巴别尔、曼德尔施塔姆。偏偏这个时候，茨维塔伊娃回去，结果苦不堪言，丈夫被处死，女儿被判监。过了两年，到了1941年，她在一个远离莫斯科的地方，自杀了。

一

《跟茨维塔伊娃的对话》有一个法文题注，C'est un chinois, ce cera long，来自茨维塔伊娃的回忆录里面的一章，章名就叫《中国人》。这句话意思是："这是个中国人，他有点慢。"是的，这个中国人写的诗，慢，而且长，你们读下去要有耐心哦！这是借茨维塔伊娃的话来自我指涉，指涉紧接着开始的这组诗。现在看组诗的第一首：

> 亲热的黑眼睛对你露出微笑，
> 我向你兜售一只绣花荷包，
> 翠青的表面，凤凰多么小巧，
> 金丝绒绣着一个"喜"字的吉兆——

这么多的中国元素，当然是一个黑眼睛的中国人。但《黑眼睛》又是著名的俄罗斯民歌，一首驰名世界的爱情歌曲："那双黑眼睛，炽热勾人魂，那双黑眼睛，妩媚又动人。我多迷恋你，却又怕见你，莫非见到你，不是好时辰……"这既符合招人喜欢的诗人张枣的自信——没有这一自信，他如何能够让自己厕身于同茨维塔伊娃对话的著名诗人的行列？——又切合整组诗主题之一的爱的感应。

这一个兜售荷包的黑眼睛中国人，在茨维塔伊娃的回忆录中有详细的描述。有一次，她去邮局，看到一个中国人把头探在窗

言说的芬芳　49

口上,手里晃动着一个小钱包,向邮局小姐兜售,要价三法郎。邮局小姐愿出两法郎。两人的语言交流不灵光,茨维塔伊娃就居间翻译。买卖成交了。中国人得知茨维塔伊娃是俄国人,便用半通不通的俄语说自己去过莫斯科,去过列宁格勒。茨维塔伊娃由此想到,在莫斯科阿尔巴特街上曾经撞到一个中国女人,要用五卢布卖给她一个银手镯。

从莫斯科到巴黎,这些带点乞丐和偷儿性质的中国人是从哪儿来的?《清稗类钞》乞丐类上有一则"兴国人行乞至欧",不知道跟这有没有关系。说是光绪年间,朝廷移湖北兴国州(今天的阳新县)数万贫民实边,到了黑龙江。当局安置不当,结果很多人都沦落为乞丐。"久之,闻外国之富,易于谋生也,遂沿西伯利亚铁道之轨线,步行以赴欧。……自是至俄,寻辗转至法,盖皆有陆路之可遵也。"辛亥年间有中国留学生到巴黎,还看见破衣烂衫的男女同胞卖艺行乞,有的持槌打鼓,有的飞刀使舞。细听口音,还听得出是湖北兴国人。

  你再听不懂我的南方口音;

张枣是湖南人。茨维塔伊娃当日遇见的,也许就是那些湖北人的后代,被张枣这个湖南人移花接木了去。人的历史,是草蛇灰线,伏延千里。人的命运,也是明镜双开,相互映照。天涯沦落的中国人唤起了茨维塔伊娃的漂泊感,漂泊无依的茨维塔伊娃又唤起了诗人张枣的放逐感。于是,茨维塔伊娃在巴黎偶遇的黑眼睛的中国人,被他的诗人同胞"借壳上市","借尸还魂",设置出这么一个场景，将自己带进去，同病相怜，同命相依，深刻地写出了人类在不同处境下生命的交感。

> 像我们走出人行道，分行路畔
> 你再听不懂我的南方口音；
> 等红绿灯变成一个绿色幽人，
> 你继续向左，我呢，蹀躞向右。
> 不是我，却突然向我，某人
> 头发飞逝向你跑来，举着手，
>
> 某种东西，不是花，却花一样
> 递到你悄声细语的剧院包厢。

除了最后一句，写的都是茨维塔伊娃曾经的事实。她带着儿子穆尔，跟那个中国人，出了邮局，在汽车川流不息的十字路口等了好一会儿。终于过了马路，"他要向右拐，我则向左拐"。走过几步之后，中国人突然哎呀呀叫着跑过来，"头发飞逝"（茨文写的是"马鬃式头发"），手里挥动着一朵花，塞到小穆尔手里。

在诗中，花儿一样的东西，不是塞到小穆尔手中，而是递到茨维塔伊娃悄声细语着的剧院包厢。这一替换很契合茨维塔伊娃跟剧院的密切关系。十八岁时她就曾经因为失恋而带一把手枪去剧院试图自杀；十月革命后更是和莫斯科艺术剧院的演员们打得火热，还写过几出诗剧。

某人不是我，却向我，又向你跑来。不注意看不出来，诗人

言说的芬芳

依托的那个真实发生的中国人故事，稍一挪移，就幽灵般出现了不合逻辑的魅影。我，现在逆情悖理地分了身：某人，不是我，又正是我，向我，又向你，跑来。这里涉及到张枣诗学的一个关键：主体的分化与转化。也就是几位评论者先后指出过的，戏剧性的人称变化技巧，互为主体性的戴着不同面具的歌唱："他不是单面人，而是具有双向度或多向度的人"（柏桦）；"他诗中的虚拟主体在转换自如的各种场景讲话，布设玄妙机境"（宋琳）。这个问题我们接下去会不断讲。就现在这个"某人"来说，他（其实就是诗人带入的我）同时向你也向我、向左也向右的这一跑，就把茨维塔伊娃书写的那则本事的滞重的外壳跑脱了，轻盈地钻入了纯粹的诗的空气里。

　　某种东西，不是花，却花一样。诗人现在把茨维塔伊娃那则本事中的真实的花朵也扔掉了，那么他递来的是什么？我的解释是，这递来的正是一束语词，是悄声细语，是剧院里的声音，说穿了，是诗，而且就是这一组诗。"不是花，却花一样"，请记住马拉美的名言：诗的花，是把一切已知的有形的花都交付给遗忘后，从所有的花都不具备的东西之中音乐般地升华出来的。张枣深谙这个道理，也反复在讲这个道理："一个词在准确命名后，本身就存在一个词的物质的消逝和意义的升起这样的过程。"（《〈野草〉讲义·〈秋夜〉讲评》）这又涉及到张枣诗学的另一个关键：词成为物、以词替物的暗喻写作。"被精确命名的词，有着被命名之物的真实质地"（《文学史……现代性……秋夜》），"对写作本身的觉悟，会导向将抒情动作本身当作主题"（《朝向语言风景的危险旅行》）。这就是他的元诗理论。元诗即关于诗本身的诗，关于写作本身的写作。任何写作都是自我指涉的。这两行诗就是一种自我指涉：我，一个黑眼睛的中国诗人，给茨维塔伊娃献上这首《跟茨维塔伊娃的对话》，敬请笑纳。

这种自我指涉所在皆是，比如我们没有讲到的中间两行：

> 两个？NET，两个半法郎。你看，
> 半个之差会带来一个坏韵，

NET 相当于俄语的 Heт，意思是"不"。"坏韵"指什么？谐音"坏运"？茨维塔伊娃的格言：诗就是词语的谐音，所以不排除有这一层意思，但是，字面上还真是说上面那四行的韵脚之坏呢。

《跟茨维塔伊娃的对话》十二首十四行诗，除了第三首是意大利式或者叫"彼特拉克式"的变体（韵脚排列为 ABBACDDCEFFEGG），其余都是英国式或者叫"莎士比亚式"十四行（韵脚排列为 ABABCDCDEFEFGG）。我曾经说过，"莎士比亚式"十四行中国诗人很少有作，以至于王力的《汉语诗律学》论白话诗的商籁体部分竟无例可举，张枣却知难而上做了尝试。写这种莎体十四行的困难，以及张枣的成功，我最后再讲。但他这组诗一开头却是个败笔，自有十四行诗以来没有人失手过的，四行诗居然 AAAA 通押一个韵："笑"、"包"、"巧"、"兆"！

这样押韵，谁都知道坏了规矩，那么张枣为什么要这样押？如果一个聪明人犯了一个低级到从来没有人犯过的错误，那么他就是故意的。张枣故意押一个"坏韵"，而且当场招供出来。但是我们同时发现，坏了规矩之后的声音，竟然甜美异常："微笑"、

"荷包"、"小巧"、"吉兆",你都能感觉到这些声韵的巧笑倩兮的样子呢!

玩了一下,张枣意犹未尽,接着又玩了一个直观的"分行路畔":

> 你继续向左,我呢,蹀躞向右。

一左一右本身就已经分置左右了。这就叫自我指涉。克里特人伊壁门尼德斯断言:克里特人没有一句真话。这个著名的说谎者悖论,就是一个特殊的绕进去出不来的自我指涉。我们平常讲内容与形式的统一,最高度的统一正是这样:他说的正是他的诗句当下在做的。

二

第二首,以对茨维塔伊娃命运的拟想与书写为主,以我的此在为辅,展开了对话。

> 我天天梦见万古愁。白云悠悠,

"万古愁"语出李白《将进酒》,是一个抽象词,诗人把它变成了能够梦见的具象的实在,然后用"白云悠悠"一笔荡开,花开两朵,各表一枝,"我"按下不表,视线都聚焦到"玛琳娜"身上。这一行诗,古意盎然,张枣写的时候,潜意识里肯定闪过

"白云千载空悠悠",闪过"白云一片去悠悠,青枫浦上不胜愁"。后面这两句在《春江花月夜》中也是起了一笔宕开的作用,从哲思转入人事。"悠悠"两字好,既可状白云无尽,也摹写愁之无尽。像中国画长卷里的屏风,起到了引渡诗思到下一段落的作用。

> 玛琳娜,你煮沸一壶私人咖啡,

"玛琳娜"是茨维塔伊娃的名字,拉丁文里有"大海的"意思。咖啡就咖啡,为什么是"私人咖啡"?要注意,同公众世界和公共事件相对应,这里突显了一种日常的存在。油盐酱醋茶,面包咖啡,向来是庶民日常生活的约定俗成的符号。但问题就在于,公众的世界,外在的事件,无孔不入地要侵入到每个人的日常生活中来:革命的僮仆、大是大非、右翼和左翼、红与白,俄罗斯二十世纪二十年代所发生的一切,都与玛琳娜脱不了干系,哪怕她远在巴黎,煮沸一壶咖啡。

> 方糖迢递地在蓝色近视外愧疚

现代诗人要表达的太多,只能强行把语言压缩、变形。"方糖"、"迢递"、"蓝色"、"近视"、"愧疚",你说这一溜子毫不搭界的词,哪个跟哪个能搞到一块去?如果说杨炼《诺日朗》第一句,"高原如猛虎,焚烧于激流暴跳的万物的海滨",跨度虽大,毕竟还是关系可以理喻的一些词的印象叠加和意义转移,这句"方糖迢递地在蓝色近视外愧疚",就完全切断了日常的逻辑关系,一旦

言说的芬芳

脱离上下文,只能理解为呓语、昏话。但问题是,它们现在偏偏就组织到一起来了。原来,这些词不是彼此牵连,而是跟诗中另外一些词发生关系。比如"蓝色",遥承白云的蓝天,近接玛琳娜的海。"近视"则是茨维塔伊娃的一大特点,同学回忆,"她的外貌给我印象最深的是珍珠般细腻的柔润面容,看人时常眯缝两只近视眼睛,睫毛上闪烁金光"。张枣可能以为玛琳娜的眼睛是蓝色的,以此与第一首的黑眼睛形成对应。——茨维塔伊娃的眼睛其实是碧绿的,她丈夫艾伏隆才有一双"海的颜色"的眼睛,女儿阿莉娅也有"一双蓝盈盈的眼睛"。——但"近视"也暗指茨维塔伊娃缺乏基本的政治眼光。一"近视"自然什么都"迢递"了。

但说来说去,这句话还是可以径直理解为女主人连喝个咖啡都加不起方糖,只能一味苦涩,一生艰辛——茨维塔伊娃诗云:"活到头——才能嚼完那苦涩的艾蒿。"这方糖"如一个僮仆。他向往大是大非"。方糖的僮仆本来是效劳于贵族的咖啡的,但革命来了,他抱歉他不能配合了,日常生活被大是大非的政治搅乱了。最后,"革命的僮仆从原路返回;/砸碎,人兀然空荡,咖啡惊坠……"昔日的仆人起来造反,旧世界被打碎了。

> 诗,干着活儿,如手艺,其结果
> 是一件件静物,对称于人之境,
> 或许可用?但其分寸不会超过
> 两端影子恋爱的括弧。

茨维塔伊娃将自己的一部诗集命名为《手艺集》,她说:"我知道维纳斯心灵手巧,/作为手艺人我懂得手艺。"诗在干着活儿,而写诗本身首先是一种手艺。我曾经写过:诗,不管说得多崇高,多神秘,多玄,最后还是一件技术活,是怎么锯、刨、削、凿、钉的功夫。可如今有许多诗人真好比拙劣的木匠,连做一只凳子都四脚摆不平,如何写得了有机的诗?诗人的手艺活,结果就是一个个静态的文本。它们既不等于,也非高于,而是对称于人境里的生活。这里开始涉及诗与生活、语言与真实世界的关系这一主题。"对称于人之境,/或许可用?"诗之为用,不可高估,只不过是与真实世界和现实生活形成对应、对称,用张枣《诗人与母语》里的说法,"一种卓然独立于此种现实的另一种完美即绝对现实",这两种现实如双括弧分置于两端,像镜子里互为镜像,不可须臾分离。

关于这个诗到底有用没用的问题,现代诗人的回答是干脆的:没用。Poetry makes nothing happen,诗不能让任何事情发生。这是奥登的名诗《悼叶芝》里面的一句。这已经成为现代作家的共识。鲁迅说,一首诗吓不走孙传芳,一炮就把他轰走了。加西亚·马尔克斯也说,我们搞了这么多年的文学,却没有能够用它推翻任何一届政府。但诗与文学还是有无用之用的大用,这是后话。

但是,相对于手艺与静物的世界,是动荡的、大是大非的、红白翻脸的革命。

圆手镜

亦能诗,如果谁愿意,可他得

言说的芬芳

防备它错乱右翼和左边的习惯，
两个正面相对，翻脸反目，而
红与白因"不"字决斗；人，迷惘，

照镜，革命的僮仆从原路返回；
砸碎，人兀然空荡，咖啡惊坠……

  张枣的诗中充满了小小的静物，比如纽扣、分币、杯子等小玩意儿。他喜欢说那句西方诗人的经典座右铭："每个物里都睡着一支歌。一旦被那个魔术的词命中，它就歌唱起来。"十八世纪有名的蒙太古夫人（Lady Mary Wortley Montagu）在书信中也曾写道："没有什么颜色、花朵、药草、水果、卵石或者羽毛不拥有一首独属于它自己的诗歌。"所以，圆手镜亦能诗，如果谁愿意。这个女性化妆用的圆手镜，一个玲珑的圆钿盒里，两边各镶嵌着一面小圆镜，合起来是正面相对，打开来就翻脸反目。张枣借这一喻象巧妙地写出右翼和左翼、红军和白军的决斗，同时也象征着美学与政治学的对峙，个人与社会学的对峙。近视的茨维塔伊娃完全没有政治头脑，从来都搞不清楚左跟右、红与白是怎么回事，对男性的政治缺乏起码的敏感和判断，只能迷惘照镜，而且被动地等待被砸碎的命运。
  这一首纯粹用咖啡壶里的风波，来影射外在世界的风云变幻及其对私密空间的闯入。室内，静物，什么都没发生，但什么都发生了。就好像西班牙超现实主义绘画中的场景：空洞无物的窗台上，一个女人在窥伺；马倒在梦幻的远处；钟呢，软塌塌的像

糖融化了一样挂在台阶上。这种魔幻的场景,细节精确到令人眩晕。这就是张枣诗的世界:

> 诗如针眼,肉身穿过去之后,别有洞天,这个世界都是诗,一草一木,一动一响,人与事,茶杯,耳机,二胡,老太婆突然像少女似的奔跑,童年,灯芯绒上衣,体育老师的寂寞,一个胖官僚白胖胖却小如花生米的阳具,会哭的门,古代的吊桥,女邮差与月经的某一天,艾略特的荒原与阳痿,灯泡里电的疼,大师的相通……古今不薄,东西双修。一切一切都是诗。没有这种境界的人,终究不可为诗。(《销魂》)

三

接着来看第三首:

……我照旧将头埋进空杯里面;

前面,"人兀然空荡,咖啡惊坠"。镜子砸碎了,咖啡泼掉了,人一下子被兀自抽离了,但我依旧将头埋进空杯里面。你跟我是镜子里的镜像一样的人物,你在做的事情跟我在做的事情是同时进行的。你的日常生活被侵扰了,但我的还在继续,照旧把头埋进空杯里面。接下去,层层递进:你完蛋了,俄罗斯完蛋了,巴黎完蛋了,而人,也完蛋了。

> 你完蛋了，未来一边找葬礼服，
> 一边用绷紧的零碎打发下午，

你在巴黎的生活是"用绷紧的零碎打发下午"，而你的未来是回到祖国死掉。

> 俄罗斯完蛋了——黑白时代的底片，
> 男低音：您早，清脆的高中生：
> 啊——走吧——进来呀——哭就哭——好吗？
> 尊称的面具舞会，代词后颤"R"
> 马达般转动着密约桦林和红吻。

这一段是标准的蒙太奇，是一组接一组镜头的闪过，连缀而复原成茨维塔伊娃三十岁以前的俄罗斯生活，旧俄上层知识分子家庭的优裕生活。青春，爱情。清脆的高中生、假面舞会、白桦林里的密约幽期、红唇之吻……黑白片伴随着画外音：您早，走吧，进来呀，好吗，代词后颤"R"（"R"是俄语舌尖颤音"р"的音译）。这是标准的电影蒙太奇，瞬间闪过，马达般转动。回忆中的情景闪跳着再现，将天崩地裂玉石俱焚的革命导致的满地碎片剪辑切换成微电影。画面接着切换到巴黎，但不是你茨维塔伊娃的巴黎，是我的巴黎：

> 巴黎也完蛋了，
> 　　我落座一柄阳伞下

> 张望和工作。人在搭构新书库,
> 四边是四座象征经典的高楼,
> 中间镶嵌花园和玻璃阅读架。

这几行写的是塞纳河畔法国国家图书馆的新馆,花园广场的四角耸立着四座高达八十米的玻璃高塔,十八层中的十一层都是书库,典藏了旧馆所有的书籍。新馆于1996年底正式开馆,这首《跟茨维塔伊娃的对话》写于1994年,张枣去过巴黎,见过书库在搭建中。那么,何以说巴黎完蛋了?应该是有感于那高高在上的、冷冰冰的、后现代的玻璃书库,是将过去的人们有血有肉的情思封冻,也跟今天的我们有血有肉的生活隔离吧?所以才有了最后两行的感慨:

> 人,完蛋了,如果词的传诵,
> 不像蝴蝶,将花的血脉震悚。

诗是一个手艺活,它相对的是一个静物,但这个静物却能够起到爆炸性作用。张枣特别喜欢用蝴蝶震悚花的血脉这一意涵,其《历史与欲望》组诗第二首《梁山伯与祝英台》末尾说得好:"这是蝴蝶腾空了自己的存在,/以便容纳他俩最芬芳的夜晚:/他们深入彼此,震悚花的血脉。"他的《蝴蝶》一诗,有一句更妙:"载蠕载袅,呵,我们迷醉的悚透四肢的花粉。"显然,蝶恋花所具有的性爱因素,更切合诗与真实生命的紧张。诗是没有用的,但是,在我们每个人的生命历程中和内心叙述里,诗,一句顶一万句。

四

> 我们的睫毛，为何在异乡跳跃？
> 慌惑，溃散，难以投入形象。
> 母语之舟撇弃在汪洋的边界，
> 登岸，我徒步在我之外，信箱
> 打开如特洛伊木马，空白之词
> 蜂涌，给清晨蒙上萧杀的寒霜；
> 陌生，在煤气灶台舞动蛇腰子，
> 流亡的残月散发你月经的辛酸，

　　第二、三首都是你我各表，这里第一次出现了我们。同是天涯沦落人的你我，面对的是共同的命运。我们的睫毛（其实指代眼睛）在异乡跳跃，呼应了第三首落座一柄阳伞下的张望，也与第一首的亲热的黑眼睛相关联。异乡总是让我们心思慌惑、心理溃散，连根拔起的虚悬感使我们难以专注地投入形象。"母语之舟已经撇弃在汪洋的边界。"1925 年，茨维塔伊娃编辑过俄国流亡作家的文丛，名字就叫《方舟》，编辑前言中写道：俄罗斯作家在境外"花果飘零"中继续写作，"虽生活在俄罗斯边境之外，仍然靠俄罗斯精神生存，脚下接触不到俄罗斯的土地，却依然靠俄罗斯的根基屹立"（安娜·萨基扬茨：《玛丽娜·茨维塔耶娃：生活与创作》，谷羽译，广西师范大学出版社，2011 年，中卷，第 559 页）。张枣通过茨维塔伊娃而感同身受的宿命，就是流亡在异乡的写作。我们舍弃了母语之舟，登上陌生的岸，"我徒步在我之外"，换句话说，你也徒步在你之外。我们都与原来所属的土地和语言——即组成我们的血肉的，使我成其为我而你成其为你的那一切——隔离了。1992年，张枣在《诗人与母语》一文中写道：

> 母语在哪儿？她就在我们身上，她就是我们，是我们挑起事件的手指，是我们面临世界的脸孔。对于个人而言，活着的母语从来就不是一个依附于某个地理环境的标志，是附体于每个人的。而我们就是每个人。……对于一个永为异乡人的个人而言，母语是一支流浪的歌。

张枣一再谈论过，茨维塔伊娃也讲过：任何一个诗人本质上都是一个流亡者、异乡人，因为诗人总是要用自己最熟悉的词干一些最陌生的活。你跟你的土地、你的人民呼吸与共固然是好，但你也须经常把自己置于这熟悉的生活外，陌生化，再陌生化。但是，现在的问题是，外在的命运把他们抛到了陌生之境，生活也本质上异化了。

"信箱打开如特洛伊木马，空白之词蜂涌"。在异乡的环境中，没有人给你写信。张枣《告别孤独堡》里有一句："我设想去电话亭给我的空房间拨电话。"没有电话，没有信。或者如张枣《哀歌》里说的，"另一封信打开／是空的，是空的／却比世界沉重"。特洛伊木马是什么？就是其中有一个颠覆的力量，是埋伏的刀兵纷纷杀出来。没有人写信的信箱，打开来里面什么都没有，正是这个 nothing，这个空无，是一种严重的挫败与杀伤。

不断是幻觉的场景，但有时我们借助日常的经验可以重建的：空的信箱（但空白之词蜂涌），煤气灶台上的火苗在舞动蛇腰子（茨维塔伊娃在信中说，她在巴黎的贫民窟里终于用上了煤气灶），月经的辛酸（对着流亡的残月）……整个儿构成了异乡的流亡生涯。这种刻骨的孤独与辛酸，同样在张枣的诗里比比皆是：空无一人的体育馆、封闭的机场、深夜往你没有的杯中倾倒烈酒、清晨被闹钟撕醒的脸上的麻木……

> 妈妈，卡珊德拉，专业的预言家，
> 他们逼着你的侧影吸外国烟，
> 而阳光，仍舒展它最糟糕的惩罚：
> 鸟越精确，人越不当真，虽然
>
> 火中的一页纸咿呀，飒飒消失，
> 真相之魂夭逃——灰烬即历史。

这里忽然换上了茨维塔伊娃的女儿阿莉娅的口吻，才十三岁的阿莉娅曾给人写信说："妈妈教导我爱书、爱太阳和香烟。她的手里总是拿着书，嘴总是叼着香烟，头发——像太阳……"（《玛丽娜·茨维塔耶娃：生活与创作》，中卷，第547页）而阿莉娅六岁的时候，茨维塔伊娃就在给她的《总有一天，可爱的孩子……》一诗中写道："你将忘记我高鼻梁的侧影，/忘记我眼前常常烟雾迷蒙。"请注意张枣写这组诗的资料功夫。突出"外国"烟，是"异乡"的延伸。

卡珊德拉是希腊神话中拥有预言能力的特洛伊的公主，阿波罗赋予这个女子能够预测未来的能力，但交换条件是她要委身于自己。卡珊德拉拒绝了，阿波罗就给了她一个诅咒：日后，你的预言都是准的，但是却没有人信的。"卡珊德拉，对于我来说她是一个很美的人，"在评论鲁迅《过客》时，张枣曾经说过："她有最聪明的预见力，但是没有人相信她，优秀但不被人们理解，零余者形象，像现代以来被诅咒的诗人。"（《〈野草〉讲义》）

阿波罗是太阳神，眉心镶嵌着一个太阳出世的，所以说这是来自阳光的惩罚："鸟越精确，人越不当真。"埃斯库罗斯《阿伽门农》一剧曾以夜莺和燕子比拟卡珊德拉："像燕子一样只会说难懂的外国话。""是一位神把你迷住了，使你发疯，为自己唱这只不成调的歌曲，像那黄褐色的夜莺不住的悲鸣。"（罗念生译本）在阳光下，一切都精确呈现，拥挤着所有的细节而毫发不爽，却反而给人一种虚幻不实之感。这是过于真实引起的虚幻，过于精确导致的模糊吧。张枣在《大地之歌》中写道："我们得仰仗一个幻觉，使我们能盯着／某个深奥细看而不致晕眩"，但是，"鸟越精确，人越不当真"。这是最糟糕的惩罚：预言越准，人越不信。

"火中的一页纸咿呀，飒飒消失，／真相之魂夭逃——灰烬即历史。""夭逃"是"逃之夭夭"的压缩。真相被焚毁了，历史只是余烬。这六行中，火与前文煤气灶台上蛇腰子似的火苗应和；阳光与流亡的残月反接；而特洛伊公主卡珊德拉跟特洛伊木马也是连类举喻。张枣的文心之细，当代无人能及。

五

　　这一首更为复杂，压缩的经验更多，解释起来也就更困难。但核心部分是围绕着两个希腊悲剧与史诗的人物，一个是前面的预言家卡珊德拉，一个是特洛伊英雄赫克托。张枣喜欢援引希腊神话的资源，《历史与欲望》组诗中，五首就占了两首："丽达与天鹅"，"色米拉（通译塞墨勒）恳求宙斯显现"。明白了卡珊德拉和赫克托这两个典故，这第五首就好懂了：

> 阳光偶尔也会是一只狼，遍地
> 转悠，影子含着回忆的橄榄核，
> 那是神，叫你的嘴回味他色情的
> 津沫，让你失灵，预言之盒
> 无力装运行尸走肉，沐浴在
> 这被耀眼的盲目所统辖的沙滩。
> 看见即说出，而说出正是大海，
> 此刻的。圆。看见羊癫疯。看。

　　阳光从上一首作为惩罚的阳光承续而来。阳光如狼，遍地转悠，带着它的影子。阿波罗别号 Apollo Lykeios，Lykeios 的语源，一说是阳光，一说是狼，所以阿波罗是太阳神，又是狼神。他色情的贪婪垂涎让卡珊德拉的预言失灵，而那些对灾难的预言无动于衷的行尸走肉，正盲目地沐浴在阳光耀眼的沙滩上。"耀眼"扣住"阳光","盲目"呢,就是"越精确,人越不当真"。"耀眼的盲目所统辖的沙滩"事实上也可以隐指写作的、语言的、革命的种种。只有卡珊德拉看得见真相:"哎哟,多么痛苦啊!要说真实的预言真是苦啊!这可怕的苦恼又使我晕眩,一开始就使我心神迷乱……"(埃斯库罗斯:《阿伽门农》)。"看见即说出,而说出正是大海,／此刻的。""大海"跟"沙滩"相对,正如"影子"跟"阳光"相对。预言即看见,也即说出。但更深的层次则涉及张枣诗学的一个重要观点:"存在清脆的命名抛掷出存在物和宇宙图景,哪儿没有命名,哪儿便是一片浑沌黑暗。""荷马,一个盲歌者,一个完全无法把握世界表象的人,却能侃谈百工艺事,政术战略和人神之交往。"(《诗人与母语》)"圆"为真理的完整具足之相,又是智慧的浑融无偏之征,所谓"圆通"、"圆觉"、"圆解"、"圆览",都是这一类的表述(参见钱锺书《谈艺录》第三十一则"说圆")。然而,看见和说出的代价是疯狂。"看的羊癫疯"最为费解,却最简单。羊癫疯即癫痫,古希腊人称之为"神圣的疾病",患者被认为是神灵附体,拥有预测未来的能力。叔本华说:"天才与癫痫相邻。"圣女贞德、福楼拜、贝多芬、陀思妥耶夫斯基、梵高,都是癫痫患者,因为据说上帝对你关上一扇门,必为你打开另一扇窗。看——

> 生活,在哪?"赫克托,我看见你
> 坐在一万双眼睛里抽泣,发愣"——
> 你站在这,但尸体早发白。等你
> 再回到外面,英雄早隐身,只剩

言说的芬芳

非人和可乐瓶，围观肌肉的健美赛，
龙虾般生猛的零件，凸现出未来。

赫克托就是被阿喀琉斯杀死的那个英勇的特洛伊王子。那是惨烈的一幕。"赫克托，我看见你／坐在一万双眼睛里抽泣，发愣。"一万双眼睛都被耀眼的盲目所统辖，什么都看不见，形同或者已经死掉，只有赫克托窥见了自己的命运而抽泣、发愣。"你站在这，但尸体早发白"，承接上文的"行尸走肉"，也可能是指特洛伊国王普里阿摩斯亲自去阿喀琉斯的军营里赎还儿子赫克托的尸体一事。那样的话，"等你／再回到外面，英雄早隐身"，可以指赫克托，或者阿喀琉斯，都是天神一样的英雄，从此隐身了。但是，这两行更可能是张枣对荷马史诗的夺胎换骨，是他让虚拟的主体转化自如的惯技：你，茨维塔伊娃，"你完蛋了，未来一边找葬礼服，／一边用绷紧的零碎打发下午"。你已经看见了你的死，正如卡珊德拉最后也看见了自己的死，你那个时代的英雄都已隐身了，只剩——剩下给我的了："只剩／非人和可乐瓶，围观肌肉的健美赛，／龙虾般生猛的零件，凸现出未来。"

你茨维塔伊娃的那个时代，毕竟还有英雄，革命的、残忍的英雄。而今天我这个时代，"非人"是非人之人（如鲁迅的无物之物、无地之地）；龙虾生猛，但零件大于身体；肌肉健美，但可能服了类固醇。看啊，肌肉凸，龙虾凸，可乐瓶是塑胶的，龙虾壳是钙质的，无机的零件，非人的生猛，多么相济相生的形象与感觉的呼应！这一切与第十一首的"广告"、"美男子"、"冰淇淋"一起，组成了人造的、虚拟的、无生命的现实。张枣在《海底被因的魔王》一诗里说:"看看我的世界吧,这些剪纸,这些贴花／懒洋洋的假东西;哦,让我死吧!"里尔克曾经感叹:"从美国来的空虚、冷淡的'物质'蜂拥而至,凡是眼睛所能看到的东西,都是生活的复制品。"作为叙述者的我的眼下的时代,正是本雅明所谓"机械复制时代"。这个时代没有英雄。

六

> 樱桃,红艳艳的,像在等谁归来。
> 某种东西,我想去取。下午,
> 我坐着坐着就睡了,耳朵也倦怠,
> 我答应去外地取回一本俄文书。
> 你坐在你散发里,云雀是帽子。
> 笔,因寻找而温暖。远方,来客。
> 梦寐之中,你的手滴落着断指,
> 我想去取:人,铜号,和火车;

注意这个"取",不断的"取"。就像前面第三首会用"完蛋了"贯穿全诗,这第六首的关键词就是"取"。

读张枣的诗,我想,真的要习惯于那种超现实主义的绘画和戏剧。就像这一首,我想我们应该还能够唤起贝克特《等待戈多》那样一个场景。"你坐在你散发里,云雀是帽子。／笔,因寻找而温暖。远方,来客。／梦寐之中,你的手滴落着断指"。这是一个疲惫的下午,一个发生在白日梦中的场景,就像卞之琳的《距离的组织》:"忽听得一千重门外有自己的名字。/ 好累呵！我的盆舟没有人戏弄吗？/ 友人带来了雪意和五点钟。"远方的来客在梦中出现,是坐火车来的吧？"梦寐之中,你的手滴落着断指",是那种达利式的画面,真实的东西被融化掉。又像《焦氏易林》里的魔幻情境,梦兆不详。

> 樱桃,红艳艳的,等的纯粹逻辑,
> 我心跳地估算自己所剩的时光；
> 没有你,祖国之窗多空虚。呼吸,
> 我去取,生词像鳟鱼领你还乡；

"樱桃,红艳艳的,等的纯粹逻辑。"这算是一跤跌到逻辑外,意义完全无法解释。张枣有一首《告别孤独堡》,里面有一句:"上午,仿佛有一种樱桃之远。"樱桃之远,可感而不可言传。樱桃只有近才看得真切,"万颗匀圆讶许同"(杜甫:《野人赠朱樱》);而樱桃之远,也是"盯着某个深奥细看"吧？看久了就会晕眩,并且在幻觉中远起来。

"我心跳地估算自己所剩的时光；/ 没有你,祖国之窗多空虚。"有些时候,"我"并非绝对就是张枣那个"抒情的我",而"你"并非绝对就是茨维塔伊娃。因为在幻觉中,他们有些时候会有某种互换、交融。我认为,这两行诗,这两句话,相当于现代小说中的"自由间接引语"(free indirect speech),即抹去了引用痕迹的引用,引用了帕斯捷尔纳克的声音。帕斯捷尔纳克1935年访问巴黎时,茨维塔伊娃向他征询是不是应该回国,他没有明确阻止她返乡的意愿。第二年"大清洗"就开始了，而茨维塔伊娃在"大清洗"尾声中回国，遭受了厄运，帕斯捷尔纳克对此追悔莫及。但问题是，"生词像鳟鱼领你还乡"，是母语的诱引，前面已有俄文书；而所谓"生词"，是不是相当于奥威尔《1984》里的老大哥的"新话"（newspeak），或者就是指苏联的新生活么？

  你去取，门锁里小无赖哇吐静电——
  痛，但合唱惊警地凌空，绝缘。

  某种东西，我想去取：想去取俄文书；取人，铜号，和火车；然后，我去取呼吸。你呢，取什么？痛。我们要格外注意张枣的标点符号。不可能倒装去取上一行像鳟鱼领你还乡的生词，因为已经用分号隔开，收束了。有人说起分号便没有好话。写《苔依丝》的法朗士说：分号既不是逗号，又不是句号，是个杂种。写《五号屠宰场》的冯内古特说：分号就像患有易装癖的阴阳人，什么都没说，唯一能说明的是你上过大学。但分号用处还是大，特别在张枣手里，用来特别讲究。那么，最后两行，"你去取"的宾语，应该是，也只能是，"痛"，只不过中间被"门锁里小无赖哇吐静电——"隔开，使得单个的"痛"字，看上去无主了。"合唱惊警地凌空"，这是歌队的合唱，来自古希腊戏剧。尼采说，歌队是抵御汹涌现实的一堵活的城墙。现在，当女主角因为空虚寂寞，因为估算自己所剩的时光无多，而要还乡时，歌队的合唱声惊呼"绝缘"。"绝缘"当然跟"电"有关，但这两个中文字，从字面上就是告诉你，"绝"了跟故乡的"缘"吧。尽管你离开了母语的土地，思乡如渴，思亲如焚，但是行不得也！因为俄罗斯大地上正在发生的一切，让你的未来只能是"一袭丧礼服"。

七

茨维塔伊娃的结局之惨，让我想到"公无渡河"的故事。郭茂倩《乐府诗集》卷二十六引《古今注》："朝鲜津卒霍里子高晨起刺船，有一白首狂夫，被发提壶，乱流而渡，其妻随而止之，不及，堕河而死。妻援箜篌而鼓之：'公无渡河，公竟渡河。渡河而死，当奈公何！'声甚凄怆，曲终亦投河而死。"这第七首写的便是公竟渡河，堕河而死的结局：

> 你回到莫斯科，碰了个冷钉子，
> 而生活的踉跄正是诗歌的踉跄。
> 除夕夜，乌鸦的儿女衣冠楚楚地
> 等钟声，而时间坏了，只好四散。
> 带担架的风景里躺着那总机员，
> 作协的电话空响：现实又迟到，
> 这人死了，那人疯了，抱怨，
> 抱怨的长脚蚊摇响空袭警报。
> 完美啊完美，你总是忍受一个
> 既短暂又字正腔圆的顶头上司，
> 一个句读的哈巴儿，一会说这
> 长了点儿，一会说你思想还幼稚，

楼顶的同行，事后报火，他们
跛足来贺，来尝尝你死的闭门羹。

这一首叙述性很强，只要熟悉茨维塔伊娃的传记资料，就不难理解。1939年6月，茨维塔伊娃带着儿子穆尔回到了苏联。两月以后，先期回国的女儿阿莉娅被逮捕，然后被流放。四个月后，她的丈夫艾伏隆被控从事反苏活动，被逮捕，然后被枪决。这是最初的"冷钉子"。她生计无着，寄人篱下，如嚼苦涩的艾蒿，真是一路踉跄。她为获得住处向作协书记法捷耶夫求告，却连一平方米都得不到。想发表作品，出版诗集，却被"字正腔圆"的"句读的哈巴儿"斥为思想幼稚，形式扭曲，是来自"那个世界"的病态产物。在那人人受伤的时代，同行但求自保，甚至互相告密："事后报火"，"跛足来贺"。好像这样苦难还不够似的，苏德战争爆发，她和儿子从莫斯科疏散到外地，"时间坏了，只好四散"、"带担架的风景"、"抱怨的长脚蚊摇响空袭警报"，一片混乱的场景。终于，1941年8月31日，茨维塔伊娃在绝望中自杀。

八

上一首是茨维塔伊娃剧烈的重大的人生变故，是死亡。到了这一首呢，突然甜美舒缓。仿佛死亡降临以后的祥和宁静，类似于歌队合唱的安魂曲。Wenn Du wirdlich mich sehen willst, so mußt Du handeln! 这句德文题词，用了茨维塔伊娃给里尔克信里的一句话，意思是说："如果你真想见到我，那么你得行动！"

言说的芬芳　　73

> 东方既白,经典的一幕正收场:
> 俩知音一左一右,亦人亦鬼,
> 谈心的橘子荡漾着言说的芬芳,
> 深处是爱,恬静和肉体的玫瑰。

什么是"经典的一幕"?茨维塔伊娃与里尔克和帕斯捷尔纳克的《三诗人书简》,即《一九二六年书简》,是三位伟大诗人之间的通信,或者说,三方情书,照苏珊·桑塔格的说法,"是对诗歌和对精神生活所怀的激情的无与伦比的戏剧化"。一左一右的"俩知音",可以指里尔克跟帕斯捷尔纳克,那么"亦人亦鬼"便是说当茨维塔伊娃死去,里尔克已成亡灵,而帕斯捷尔纳克依然健在。但考虑到题词用了德语信中的话,"俩知音"还是解释为茨维塔伊娃与里尔克为好。里尔克的亡灵在送茨维塔伊娃回家,死亡的家。

"谈心的橘子荡漾着言说的芬芳",这一句美妙的诗很难解说。橘子如何谈心?难道真像某诗人那么呆说,"圆圆的,燃烧着的orange,是我心的比喻"(艾青:《Orange》),读的人才懂?张枣一写到水果,特别是这个芬芳的橙子、橘子、柑子,就有美妙的诗句:"经典的桔子沉吟着 / 内心的死讯"(《断章》之七)、"一颗新破的橙子为你打开睡眠"(《空白练习曲》之十)。"新破的橙子"来自周邦彦的《少年游》:"并刀如水,吴盐胜雪,纤指破新橙。锦幄初温,兽烟不断,相对坐调笙。低声问:向谁行宿?城上已三更。马滑霜浓,不如休去,直是少人行。"写主人公跟心上人在寒冬长夜的闺室里浓情蜜意的温存,呢哝细语,恩怨尔汝,那境界正好就是"谈心的橘子荡漾着言说的芬芳, / 深处是爱,恬静和肉体的玫瑰。"记得当初发表的版本，"玫瑰"作"丽瑰"，似乎更好，因为既然有了橘子就可以不再有玫瑰了。

> 手艺是触摸，无论你隔得多远；
> 你的住址名叫不可能的可能——
> 你轻轻说着这些，当我祈愿
> 在晨风中送你到你焚烧的家门：
> 词，不是物，这点必须搞清楚，
> 因而首先得生活有趣的生活，
> 像此刻——木兰花盎然独立，倾诉，
> 警报解除，如情人的发丝飘落。

第二首说"诗，干着活儿，如手艺，其结果／是一件件静物"。现在，关于写作，关于诗与生活、语言与真实世界的关系，这一主题重现了。"手艺是触摸"，是身体与物体的亲密对话，是重建人与世界的关系，重获对存在的切肤之感。"躬腰费眼的手工活，很是有劳动之美。"（张枣：《自己的官方》）在诗人手里，词获得了物的存在，有如皮匠手里的皮子，金匠手里的金子。而从更深一层思考，词是不是物的问题，在现代诗人中间有最复杂的运算。我们陈旧的观念是像胡适所说的"言之有物"，但现代诗人和哲学家都相信，言即为物。就像张枣所讲的，"哪儿没有命名，哪儿便是一片浑沌黑暗"。当你说出了什么，那个东西就出现了；当你写出了什么，那个东西就发生了。张枣组诗《云》第二首说："你只要说出树，树就会／闪现在对面，无论你坐在哪儿。"我们对这种看起来会被毫不迟疑地斥为唯心主义的说法要有清醒的认识。我们现在觉得什么东西真实？你看张枣真实吗？还是这首诗真实？张枣死了，但他留下的这本薄薄的诗集还会继续存在下去。未来的人读到他这首诗，还会想到他这个人。所以从长远看来，词就是物，它比肉体的生命更真实。如果他没有留下这些东西，我们就不会在这儿讲张枣这个不复存在的存在了。

但是问题还有另一面。"词，不是物，这点必须搞清楚，／因而首先得生活有趣的生活"。第二首说，诗，作为人境的生活的对称，其用处极有分寸，不会超过两端影子恋爱的括弧。这又回到诗不能使任何事发生的问题上来。诗是一场超级虚构。写作可以创造一个世界，但毕竟不等于这一个世界；可以虚构一个人生，但毕竟不等于这一个人生。"因而首先得生活有趣的生活"。上一首说，"而生活的踉跄正是诗歌的踉跄"，那么换个说法，生活的顺畅也正是诗歌的顺畅。用茨维塔伊娃给里尔克的那句题词，"如果你真想见到我，那么你得行动！"只有行动才能解决现实，解决人自身的生活。

可是，有一种爱是隔着遥远的距离，通过词来互相触摸，也通过词而最终实现的。"无论你隔得多远；／你的住址名叫不可能的可能"，诗能够让"不可能的可能"发生，比如现在，诗人让生前从未见过的里尔克与茨维塔伊娃清晓相送。"东方既白"，"亦人亦鬼"，"晨风"，这是亡灵甚至鬼魂出而复没的辰光。《哈姆雷特》第一幕第一场中，鬼魂一听到鸡叫就隐没了。中国也有鸡鸣鬼去的常言。"你轻轻说着这些，当我祈愿／在晨风中送你到你焚烧的家门。"这里的"焚烧"，又跟前面"煤气灶台上"那个火苗的"蛇腰子"联系起来，跟"火中的一页纸咿呀，飒飒消失"联系起来，"焚烧的家门"又跟前面楼顶的同行"跛足来贺，来尝尝你死的闭门羹"相呼应。这组诗的好多线索是呈链状的，许多条链子交织隐现。如"警报解除，如情人的发丝飘落"，"警报"也呼应着前面的系列：有"事后报火"的警报，有"抱怨的长脚蚊摇响的空袭警报"，当然还有"卡珊德拉，专业的预言家"的警报。又如最后四行：

> 东方既白，你在你名字里失踪，
> 植树的众鸟齐唱：注意天空。

"众鸟齐唱"直接与第六首末行"合唱惊警地凌空"挂钩。但警报解除后的众鸟齐唱，惊警犹在："注意天空"。提醒缠绵的魂灵要留意光阴的流逝，危险时刻的临近。

这一首写的是收场，是解除、飘落、失踪，是知音和情人的故事的大结局。但这是幽冥界的结局，是一个超级虚构中的结局。"不可能的可能"在此实现，生命中从未见面，死亡却将他们永远联系在一起。这个就是文学、语言、词所做的事情，它们使一切事情发生。"你在你名字里失踪"，你的肉体生命已经结束于你名字的符号中，但你的名字流传了下来，就像罗兰·巴特说的，作者死了，其主体已经在其文本中隐没融化了。剩下的只有文本。

九

前一首是死亡的终局,这一首是对死亡的质疑。

> 人周围的事物,人并不能解释;
> 为何可见的刀片会夺走魂灵?
> 两者有何关系?绳索,鹅卵石,
> 自己,每件小东西,皆能索命,
> 人造的世界,是个纯粹的敌人,
> 空缺的花影愤怒地喝彩四壁,

诗人在沉思物质生命跟精神生命的关系。死亡是怎么一回事?"刀片"、"绳索"、"鹅卵石",这些弹簧般的物品窜出来,封杀了生命。张枣偏爱小小的物件,喜欢说:"每个物里都睡着一支歌。一旦被那个魔术的词命中,它就歌唱起来。"但是现在,这些唱歌的小小的东西凶险起来了,反叛了,会索命了。诗人归咎到这些人造的物品的冷漠上来(其实,"刀片"、"弹簧"和茨维塔伊娃自缢身死的"绳索"是人造物品,"鹅卵石"不是)。此处的诗思让我想到秘鲁诗人巴略霍的《今天一片碎块刺进了她……》诗句:

> 今天一片碎块刺进了她的身体,
> 在她存在的方式,在她有名的
> 一分币,给她狠狠的一击。

> 命运使她非常痛苦；门使她痛苦，
> 腰带使她痛苦，给她干渴和折磨，
> 给她酒杯的而不是酒的干渴。

"人造的世界是个纯粹的敌人。"前面的"非人"、"可乐瓶"、"围观肌肉的健美赛"、"龙虾般生猛的零件"都是这"人造的世界"的组成部分，后文又将延续这一主题。"空缺的花影愤怒地喝彩四壁"，张枣在一次访谈中将这句诗引成"愤怒的假花喝彩四壁"，假花就是人造的花。但这句诗令我想到它与一句旧诗惊人的相似。龚自珍《梦中作四截句》第二首："黄金华发两飘萧，六九童心尚未消。叱起海红帘底月，四厢花影怒于潮。"钱锺书在《谈艺录》中，特别拈出后七字，细品而极赞道：

> "潮"曰"怒"，已属陈言；"潮"喻"影"，亦休人先；"影"曰"怒"，龃龉费解。以"潮"周旋"怒"与"影"之间，骖靳参坐，相得益彰。"影"与"怒"如由"潮"之作合而缔交莫逆，"怒潮"之言始藉"影"之拂拭而减其陈，"影"、"潮"之喻如获"怒"为贯串而成其创。真诗中老斵轮也。

将影子比喻成潮水不算什么，将潮水形容为怒潮也不算什么，但把"影"、"潮"、"怒"三个字放到一块儿去，那就相得益彰了：

> 四厢花影怒于潮。

言说的芬芳

这一句要改写成现代汉语的话,那就一定是——

空缺的花影愤怒地喝彩四壁

"四壁"相当于"四厢","花影"原封不动还在,"愤怒"也出现了。张枣难道读过龚定庵的这首诗?或者读过钱锺书的这段话?不一定。我相信这是一次不谋而合的邂逅,一次相互都不知道对方存在的遭遇战。可以说,龚自珍的那句诗如此富有现代感,张枣应该"怵他人之我先"了。但张枣别有创获,是把"愤怒"与"喝彩"奇妙地压缩到一起去。是啊,有些时候,一种痛,一种死亡之发生,像鲁迅说的,是一种大欢喜;或者像庄子讲的,"以生为附赘悬疣,以死为决疣溃痈"。死亡是个脓包,一下子脓头破掉,是极痛快的事,所以有"愤怒"和"喝彩"两个完全相反的情绪反应糅到一块儿去。我们看一看鲁迅《野草》里的《复仇》:

但倘若用一柄尖锐的利刃,只一击,穿透这桃红色的,菲薄的皮肤,将见那鲜红的热血激箭似的以所有温热直接灌溉杀戮者;其次,则给以冰冷的呼吸,示以淡白的嘴唇,使之人性茫然,得到生命的飞扬的极致的大欢喜;而其自身,则永远沉浸于生命的飞扬的极致的大欢喜中。

一柄利刃的一击,一根绳索的一扣,就能索命,在时间中慢慢成熟的生命会中止于这么不起眼的小东西,足可"愤怒"。但死亡又是对苦难的生命的复仇，这痛快淋漓的复仇，足可"喝彩"。对于身陷绝境的茨维塔伊娃来说，投缳而死反而是解脱。

> 使你害怕，我常常想，不是人
> 更不是你本身，勾销了你的形体；
> 而是这些弹簧般的物品，蹿出，
> 整个封杀了眼睛的居所，逼迫
> 你喊：外面啊外面，总在别处！
> 甚至死也只是衔接了这场漂泊。

我想，这第九首诗之所以绝口不提造成茨维塔伊娃之死的体制迫害，而刻意迁怒于"这些弹簧般的物品"，是出离愤怒的表现。在柏林、布拉格、巴黎的十七年固然是异乡的漂泊，回到故国却更是异乡，"我的家乡不珍惜我……"，茨维塔伊娃是嚼完生活的苦蒿，带着这无尽的叹息离去的。一生总是居无定所，生活永远在别处，"甚至死也只是衔接了这场漂泊"，漂泊即挂空，无根——

> 无根的电梯，谁上下玩弄着按钮？
> 我最怕自己是自己唯一的出口。

这个"怕"又连接了前面的"使你害怕"。张枣在《〈普洛弗洛克情歌〉讲稿》中说："永恒的事情，一个是害怕，另一个是死亡，死亡用了一个矛盾修辞法，真正超出日常性的一个人不是

'god'，而是'dare'。在没有上帝的时候，死亡就占据了这个空白，所以一句话，'I am afraid'。二十世纪文学一个关键的主题就是'我怕'。……因为不相信神，上帝死了，这种怕是跟死同构的。"当张枣悬拟茨维塔伊娃临终的心态说，"我最怕自己是自己唯一的出口"，他替她想到的也许是："无根的电梯，谁上下玩弄着按钮？"是上帝吗？可是上帝已经死了。

十

> 我摘下眼镜，我愿是聋哑人的翻译——
> 宇宙的孩子们，大厅正鸦雀无声：
> 空气朗读着这首诗，它的含义
> 被手势的蝴蝶催促开花的可能。

这一首以非常魔幻的场景开始，诗的意旨也晦涩难解，但可以确知，已经从茨维塔伊娃转到了我。一场虚构的手语诗的朗诵，聋哑人在这个地方完全依靠手语，是"手势的蝴蝶催促开花的可能"。空气在朗诵，大厅鸦雀无声，这是一个怪异的世界。当然，鸦雀无声、空气朗读等等，可能指向某种政治高压，也可能是一个"人造的世界"抽空的结果。

> 真实的底蕴是那虚构的另一个，
> 他不在此地，这月亮的对应者，
> 不在乡间酒吧，像现在没有我——

> 一杯酒被匿名地啜饮着，而景色
> 的格局竟为之一变。满载着时空，
> 饮酒者过桥，他愕然回望自己
> 仍滞留对岸，满口吟哦。某种
> 悲天悯人的情怀，和变革之计
> 使他的步伐配制出世界的轻盈。
> 大人先生，你瞧，遍地的月影……

"真实的底蕴是那虚构的另一个，／他不在此地。"此地有一个真实的我，但并不真实；真实的是那不在此地的我，虽然是虚构的。第五首中，那太阳的对应者是阿波罗，这月亮的对应者则是我自己。但我非我，尽管我正在乡间酒吧里啜饮着一杯酒，但这不是真实的我，所以这杯酒只是被匿名地啜饮着。匿名是有意改写"惟有饮者留其名"，所以像奚密就认为，这位饮者是李白，李白酷爱写月亮，在《花间独酌》里"举杯邀明月"，在《将进酒》里"与尔同消万古愁"（第二首开头即用了"万古愁"），所以说他是月亮的对应者并非没有理由。但这一说法不符合这组诗的内部统一性，因为里面放不进一个李白。"景色／的格局竟为之一变"是因为分身的另一个我换了一个角度在看，现在他过了桥，回望自己仍滞留对岸，满口吟哦，不禁愕然，仿佛不认得自己了。"满口吟哦"是旧时代的风流，抛弃了那一个我的这一个我，乃是有着"悲天悯人的情怀"和"变革之计"的新人，这些崇高的理念"使他的步伐配制出世界的轻盈"。这轻盈的步伐让我们记起第二首中那位"向往大是大非"的"革命的僮仆"，他"从原路返回"的步伐应该就是如此轻盈。

这里诗人大玩特玩起他惯玩的分身术了。的确,与其说诗人在故弄玄虚,不如说他贪玩。现代诗经常会写这样一个分身,写主体的分化与转化,就像T. S. 艾略特在《四首四重奏》的最后一首《小吉丁》里,"我"作为一个伦敦消防队员(艾略特在战时一度做过),在纳粹空袭伦敦这样一个历史时刻,在街头遇见了一位过去的大师,眼睛里有"熟悉的复合的灵魂":

> 于是我呈现为一个双重角色,一面喊
> 一面又听见另一个人在喊:"怎么!你在这儿?"
> 尽管我们都不是。我还是我,
> 但我知道自己已经变成了另一个人。

张枣非常推崇T. S. 艾略特的《四首四重奏》,认为其表面语法简单而内涵极为深邃。他当然对T. S. 艾略特的分身伎俩再熟悉不过了。

张枣自己在课堂上简单讲过自己的这组诗。据颜炼军的笔记,张枣说这第十首的最后用了阮籍的《大人先生传》,但我不大相信《大人先生传》用在这里有什么用,不过就是借一个名目吧。当然,大人先生这名目本身就带有一种反讽的意味。在旧俄的小说里面,经常也会说"大人先生","贵族老爷"。张枣会像史蒂文斯,偶尔用稍显怪异的、讥嘲的甚至给人感觉恶意的调调儿说话。这个"大人先生",这个"你",应该是反躬自视、反躬自嘲的另一个"我",作为新人的"我"。"大人先生,你瞧,遍地的月影……"这"遍地的月影"又是从第五首反转出来的：

> 阳光偶尔也会是一只狼，遍地
> 转悠，影子含着回忆的橄榄核。

十 一

> ……是的，大人，月亮扑面而起，
> 四望皎然，峰顶紧贴着您腮鬓；

张枣自己还说过，这第十一首开头，他又用了一点王子猷雪夜访戴的典故。我仍觉比较牵强，因为这里皎然的是月，而不是雪。古今诗语的表面相似很多，难道"山从人面起，云傍马头生"也会是"月亮扑面而起"的来历么？不会。这个"大人"，这个"您"，前面说了，应该是反躬自视、反躬自嘲的另一个"我"。组诗整个儿是在"我"和"你"之间展开的，所以，接下去，从主体的"您／我"转向作为客体的茨维塔伊娃，也就是"她"：

> 下面，城南的路灯吐露香皂气，
> 生活的她夜半淋浴，双眼闭紧，
> 窗纱呢喃手影，她洗发如祈祷，
> 回身隐入黑暗，冰箱亮开一下；

一个俯望的、带点窥视的角度,一个逼真而又虚幻的场景。为什么偏要说"生活的她"?别忘了第八首"首先得生活有趣的生活"。普希金写得好:"如今我的理想是家庭主妇,/我的愿望是平静的生活,/还有一大砂锅汤。"契诃夫也说得好:"在女人中,我所爱的当然是美;在人类社会中,我所爱的是绒毯、附有弹簧的马车和敏锐思考所表现出来的文化。理智与事实告诉我:电流与蒸汽比贞洁和吃素含有更多的人性和爱。"当面对恐惧和无解的难题时,没有比香皂、窗纱、夜半淋浴更能代表现世安稳的生活了。

隔着一层窗纱在淋浴,可以看到手的影子在上面闪动,于是诗人用了"呢喃"这一双声词,写出"昵昵儿女语,恩怨相尔汝"的含糊甚至暧昧。女子夜半淋浴的动作是私密性的,亲密性的,"呢喃"一词表现力异常丰富,既应和着"祈祷",也将"递到你悄声细语的剧院包厢"(第一首)、"谈心的橘子荡漾着言说的芬芳"(第八首)等绵绵的絮语贯穿起来。此刻的意境,其实倒很吻合唐人刘方平的七绝《月夜》:"更深月色半人家,北斗阑干南斗斜。今夜偏知春气暖,虫声新透绿窗纱。"虫声从窗纱中"透"过来,却不如"窗纱呢喃手影"更微妙。

> 回身隐入黑暗,冰箱亮开一下;
> 永恒像野猫,广告美男子楚到
> 彗星外,冰淇淋天空满是俏皮话……

从"冰箱"到"广告"到"冰淇淋",这里又出现了"人造的世界",与第五首的"可乐瓶"、"健美赛"同为有机联系着的意象。"冰淇淋天空"出自史蒂文斯的《冰淇淋皇帝》。在张枣的生涯中,没有比史蒂文斯在诗学观念和写作风格上给他影响更大的诗人了。"冰淇淋天空,满是俏皮话",人造的世界事实上消解了真正的严肃。

> ……夜莺啊正在别处,
> 　　　　是的,您瞧,
> 没在弹钢琴的人,也在弹奏,
> 无家可归的人,总是在回家:
> 不多不少,正好应合了万古愁——
> 呵大人,告诉我,为何没有的桂树
> 卷入心思,振奋了夜的秩序?

上一首和这一首,集中出现了许多分身的、魔幻的场景,以及悖论式的表达。"夜莺啊正在别处",跟"外面啊外面,总在别处"一致,也与济慈的《夜莺颂》有文本上的联系。济慈说,他愿将一杯醇酒一饮而尽,再与夜莺一起悄然离开这世界,遁入那幽邃的森林,全然忘却所有这些疲惫、焦灼和热病,而这些都是夜莺并不知晓的一切。"万古愁"呼应第二首第一句的"我天天梦见万古愁"。"万古愁"分置于顺数第二首和倒数第二首,可见张枣的讲究对称的形式感,也凸显了此一片语的重要性。"不多不少"可参照张枣组诗《云》第二首中的诗句:"多,就是少?未必如此。/ 我喜欢不多不少。"

"没在弹钢琴的人,也在弹奏","无家可归的人,总是在回家","没有的桂树／卷入心思，振奋了夜的秩序"。这一连串的No，一连串的无中生有，如何理解？按照张枣的超级虚构的诗学观念，没有的桂树也是树之一种，如第五首已有非人之人的"非人"，这就像鲁迅的无物之物、无地之地，司马相如的《子虚赋》里的"乌有先生"、"子虚使"、"亡是公"。这些都是没有的有，不存在的存在。张枣也可能仿效肯明斯（E. E. Cummings）的 *Anyone Lived in a Pretty How Town* 一诗中拿 noone 当实有其人的那一类奇异的表达。

词一出现，物即成立。本来没有的物，本来没有的人，形成了一个新的事实和秩序。"没有的桂树／卷入心思，振奋了夜的秩序"，这与张枣翻译过的史蒂文斯的《基围斯特的秩序观》那首诗有关。史蒂文斯不是喜欢在诗中设置一些虚拟的秩序吗？他最著名的诗写道：我在田纳西放了一只瓮，然后它就赋予了那片原野以秩序。张枣尤有进者：空缺的花影可以愤怒地喝彩四壁，没有的桂树也能够振奋夜的秩序。

再从本事诗的角度看，这几句也不是泛泛而写。"无家可归的人，总是在回家"，是指茨维塔伊娃的悲剧。"没在弹钢琴的人，也在弹奏"，同样与茨维塔伊娃有关。"你在钢琴上按键，琴键在那，在这，黑的，白的，音符在哪？"茨维塔伊娃说过，她最初的语言不是俄语，甚至也不是出生地的德语，而是音乐。她母亲生命的最后一息，手指是停止在钢琴的键盘上的。所以我说张枣写这组诗下过十足的资料功夫，可谓字字有来历。

十二

九月,果真会有一场告别?
你的目光,摆设某个新室内:
小铜像这样,转椅那样,落叶,
这清凉宇宙的女友,无畏:
对吗,对吗?睫毛的合唱追问,
此刻各自的位置,真的对吗?
王,掉落在棋局之外;西风
将云朵的银行广场吹到窗下:
正午,各自的人,来到快餐亭,
手指朝着口描绘面包的通道;
对吗,诗这样,流浪汉手风琴
那样?丰收的喀秋莎把我引到
我正在的地点:全世界的脚步,
暂停!对吗?该怎样说:"不!?"

九月会有一场告别么?可八月三十一号茨维塔伊娃死掉了。新的室内的摆设,此刻各自的位置,都是重建一种秩序。"落叶,/ 这清凉宇宙的女友",是属于张枣的惯用语。组诗《云》第二首中也有"一片叶。这宇宙的舌头 / 伸进窗口,引来街尾的一片森林"。

"对吗,对吗?睫毛的合唱追问,/ 此刻各自的位置,真的对吗?"呼应第四首"我们的睫毛,为何在异乡跳跃?"以及第六首的"合唱",第八首的"齐唱"。从"我们的睫毛"到"睫毛的合唱",男女主角你和我以及我们身后的合唱队,都在追问:你／我／你们各自所在的位置,你在昨日革命的世界,我在今天商品的世界,是不是都命运乖张,站错了位置?诗人一再追问:"对吗?对吗?"这样对吗?那样对吗?这个错乱的世界是每样东西都各得其所呢,还是被一个荒谬的命运各各带到不可测的地方来了呢?所有偶然聚集起来的这些,看上去是以必然的秩序存在着,但存在的就是合理的吗?从来如此便对吗?

"王,掉落在棋局之外",现实的世界是错乱的。"西风／将云朵的银行广场吹到窗下",虚实结合地写西风把云朵吹到了窗下,而窗下其实就是银行的广场,而文字上却是借白云之白与银行之银偷渡。"银行广场"、"快餐亭"、"面包"、"流浪汉手风琴",都是眼下现象的存在,是人造的世界,商品的世界,也是"我"所面临的"生活的"世界,就像第一首,"人行道"、"红绿灯"、"剧院包厢",是你往日"生活的"世界一样。但这个世界不是我想要的,正如你,茨维塔伊娃,也不要你那个糟糕的世界一样。喀秋莎是清纯美丽的少女的代名词,"丰收的喀秋莎"或从前面的"清凉宇宙的女友"和"快餐亭"的"面包"承接而来。但此时此刻,诗人对这个世界叫了"暂停",说了"不"。

当全世界以革命或者科技的名义迈开大步(革命的僮仆原路返回的脚步,变革之计使世界轻盈的脚步),诗人却是一个对现实说"不"的人。张枣常用否定词"不",他的组诗《云》里,就有一个背上刺着"不"的人。他的《护身符》一诗中,"不"的护身符也越狱式地打出一拳,中止于"不!不!不!"这组《跟茨维塔伊娃的对话》,沿袭了他一以贯之的追问,最后还是重重地落在这样一个否定词上。

十三

这组十二首十四行诗《跟茨维塔伊娃的对话》,我已经逐行逐句分析到这里。我的工作等于是给这组诗做了详注。诗中涉及到的本事、典故、意象、象征,我尽可能都给出了解释,也对其复杂的文脉与思路作了梳理。不少地方似不可解,而强为之解,这也是没有办法的事,因为诗无达诂,我虽想参活句,却可能终不免死于句下。事实上,我的解释和分析只想为读者和学者提供一个可资进一步索解的基础和平台。

总的来说,此诗虚拟了一个超越时空的戏剧化场景,展开了一场作为叙述者的"我"与茨维塔伊娃想象中的对话,实写俄国革命所导致的茨维塔伊娃的悲剧一生,虚写发达资本主义社会中"我"的遭遇,主线与副线交缠在一起,处理了一些重大主题,如诗人与时代的关系(革命的和商品的时代),诗与生活的关系(日常的和公众的生活),诗与现实的关系(词即是物与词不是物的二律背反),等等。

茨维塔伊娃命运悲惨。张枣也自承在海外的孤独生活极端不幸,形同坐牢。茨维塔伊娃往昔的俄罗斯完蛋了,因为革命精神的冷酷;我当下的巴黎完蛋了,因为物质主义的冷漠。同是天涯沦落人,这种生活的缺损是无论怎样的写作都补偿不了的。再加

言说的芬芳

上诗人和艺术家宿命似的被诅咒。张枣1985年就翻译过C. G. 荣格的《论诗人》，其中说道：

> 艺术家的生活皆是未能如愿以偿的生活（虽然不尽是悲剧的），这是因为他们在人性与个性上是自卑的，而不是因为某种阴暗莫测的命定性。一个艺术家为自己创造力的神圣火焰将付出惨重的代价，这似乎是一条不可破的规律。

"而生活的踉跄正是诗歌的踉跄。"所以诗人才会说，"词，不是物，这点必须搞清楚，/ 因而首先得生活有趣的生活"。

但是，"人，完蛋了，如果词的传诵，/ 不像蝴蝶，将花的血脉震悚。"整首诗最后的结穴所在，还是诗人的萦心之念："诗这样，对吗？"诗对这个世界有什么用？诗能不能为这个世界重建一个秩序？诗的语言、诗的词汇，能不能等同于一个世界？其实这是现代诗学和哲学的一个中心问题，即词与物的关系问题。维特根斯坦说："语言的边界即世界的边界。"拉康说："词语的世界创造出了事物的世界。"海德格尔则用了格奥尔格的诗句，说："词语缺失处，无物存在。"此外，福柯写过《词与物》，朗西埃写过《字的肉》，都在讲言说的优先性和现实性。牟宗三也提到过文本的自足世界是一个"如是如是之境界，当下即是之境界"，我们"必须如如地（as such）观之"（《水浒世界》）。这是二十世纪的诗人和哲学家萦绕心头挥之不去的问题，张枣也不断在谈论这个问题，谈词与物、文本与世界、虚构与真实之间的关系问题。他翻译史蒂文斯，总是喜欢选取《词语做的人》、《一首诗，取代了一座大山》、《世界作为冥想》这一类题目的诗,也透露了内心消息。当然,我们拿一个哲学或诗学理论来套他的诗,会索然寡味,但他一再申论:

> 写作不是再现而是追寻现实,并要求替代现实。在这场纯系形而上的追问中,诗歌依靠那不仅仅是修辞手法的象征和暗喻的超度(metaphoric transcendence)而摇身变成超级虚构。这虚构将双手伸向另一种现实的太阳,人的生存便会因偶赐的光亮而顿显意义。(《诗人与母语》)

从这个意义上说,词即是物,《跟茨维塔伊娃的对话》即自成一小小的宇宙。为营造这个自足的宇宙,张枣虚构场景,敷设对话,乃至生造词语。"哇吐"这个词就是他生造的,造得非常好,两个口,三个土,伴有声音的动作。张枣很喜欢这个生造的词,后来在《祖父》、《给C. R.的一片钥匙》等诗中都用过。《红楼梦》第三十七回,薛宝钗说:"诗固然怕说熟话,更不可过于求生。"但张枣就是敢"过于求生"。

这些可能的手段,当然包括他的主体分化和换位的技术。我们过去习惯了那种有确定边界的"我"所发出来的声音,到了张枣这里,这种读法完全行不通了。"我"不一定是"我"。表面上是"我",事实上是另外一个"我",而另一个"我"很有可能又融进了帕斯捷尔纳克、里尔克,有些时候,这个"我"一转又变成了茨维塔伊娃。所以主体的消解和分化,声音的多元和分裂,就成为张枣的诗的标志。呈现在这组《跟茨维塔伊娃的对话》中,

言说的芬芳　　93

便是主体分解之后双向的渴慕与思恋的呢喃,是一场轻声细语的对话。所以,这就牵涉到张枣诗学的核心问题之一,即诗的对话观念。但这一点讨论的人已经很多了,这里不再细说。

的确,这是一种我们必须相应地调整自己的阅读策略的诗。张枣谈到,北岛等人的朦胧诗一出来,他就知道这不是他们想要的诗。为什么?因为北岛诗中的声音是一种纯正的普通话,一种集体的声音,一种总体的声音。北岛们的诗是政治的诗,是北京的公共政治文化的产物,而张枣则是一种南方的庶民作风的代表,而南方没有那么高的政治敏感和那么多的政治关切。出国以后孤独失语的异域生活,更使张枣彻底过滤掉了那种雄辩的声音,完成了他纯粹的个体言说。他诗中的句子很少呈现出口角伶俐的长句,而是布满褶皱和阴影的碎片式的声音,像冰在春天融化时开裂的那种细碎的声音,充满小心翼翼的探问,所以他特别喜欢把那些小字儿小词儿穿插在诗里,喜欢把两个三个的字词弄到一起,甚至令人感觉他把某个诗行弄得支离破碎。但问题在于,这个支离破碎就是他要求的结果。

雄辩的诗歌都有一个完整的主体,其实是总体性的言说,阳性的言说。而张枣的诗是阴性的书写。王国维《人间词话》说:"词之为体,要眇宜修。"叶嘉莹据此而论词的婉约本质,认为它的句子本身就是切碎了的,是琐细的声音,女性化的声音,所以词应该是一个阴性文本。而豪放的苏、辛则惯用长句,"一意迅驰,专用骑兵"。张枣诗的质地近于词,也属于一种阴性文本,是一长串游弋、踌躇、矛盾、短路的词细意熨帖而成,语调和口风中甚至能感觉到作者的呼吸。他说过:"我有多少不连贯,我就会有多少天分。"(《空白练习曲》之三)他就像接受了法国作家儒勒·列那尔(Jules Renard)的告诫:"写碎片,小的碎片,特别小的碎片。"他又喜欢用典,云雀呀,夜莺呀,长脚蚊呀,蛇腰子呀,还有蝴蝶啊,狼啊,一组诗镶嵌了太多别的文本的碎片。云雀是雪莱的云雀,夜莺是济慈的夜莺,长脚蚊是叶芝的长脚蚊。且不说还有那许许多多的私立象征,更增加了我们的阅读难度,对我们的知解力构成重大挑战。

对旧的写作传统的抗拒,在异域流离的经验,催生了张枣内倾型的诗,如乔伊斯的流亡写作,"以间离的精神和严苛的琐细形式来构造故事,能把一个人的灵魂从现实经验的传染病中解放出来,并且坚忍,甚或同情地从高处观照它"(Stanislaus Joyce: *My brother's keeper*. New York: Viking Press, 1958, p. 206.)。整组《跟茨维塔伊娃的对话》,作者绝对动情,但又绝情忍性,就像C.G.荣格《论诗人》里说的,"艺术家在施展自己才能的时候,既不是自恋的,又不是他恋的,完全与恋欲无关。他是客观的,非个人的,甚至是非人性的。艺术家就是他作品本身,而不是一个人"。结果呢,"诗人心智之丰满稳密,处理手法之机敏玄妙,造境之美丽,令人艳羡和折服。"这是张枣给史蒂文斯的赞语,其实也可以拿来给他自己点赞。光是这组诗对精严的十四行形式的运用之妙,就令人赞叹不止。这十二首十四行诗的韵脚安排,不算第一首开头四行的故意出格,不算张枣用方言押韵和轻声字押韵,只有一处小疵,即第十一首第十一行忽然脱韵("您瞧"和"回家"不叶韵)。莎士比亚体十四行,前十二行交韵,最后两行用偶韵,其难度比意大利式的彼得拉克体还要大得多:前面的十二行须行行不弱,要像十二根罗马柱,根根都能承重。尤为关键的是,最后偶韵的两行,要能把前面蓄势已久的十二行宕得开,提得起,镇得住。这方面张枣做得非常好,每一首最后两句的概括与提升总是十分到位,能够像拉链一样把整首诗拉起来!总之,张枣卓绝的形式感,当代中国无人出其右。

2014 年 10 月 4 日

跟茨维塔伊娃的对话 | 张　枣

C'est un chinois, ce cera long.
　　　　　　　　　　　——Tsvetajeva

一

亲热的黑眼睛对你露出微笑，
我向你兜售一只绣花荷包，
翠青的表面，凤凰多么小巧，
金丝绒绣着一个"喜"字的吉兆——
两个？NET，两个半法郎。你看，
半个之差会带来一个坏韵，
像我们走出人行道，分行路畔
你再听不懂我的南方口音；
等红绿灯变成一个绿色幽人，
你继续向左，我呢，蹀躞向右。
不是我，却突然向我，某人
头发飞逝向你跑来，举着手，

某种东西，不是花，却花一样
递到你悄声细语的剧院包厢。

二

我天天梦见万古愁。白云悠悠,
玛琳娜,你煮沸一壶私人咖啡,
方糖迢递地在蓝色近视外愧疚
如一个僮仆。他向往大是大非。
诗,干着活儿,如手艺,其结果
是一件件静物,对称于人之境,
或许可用?但其分寸不会超过
两端影子恋爱的括弧。圆手镜
亦能诗,如果谁愿意,可他得
防备它错乱右翼和左边的习惯,
两个正面相对,翻脸反目,而
红与白因"不"字决斗;人,迷惘,

照镜,革命的僮仆从原路返回;
砸碎,人兀然空荡,咖啡惊坠……

三

……我照旧将头埋进空杯里面;
你完蛋了,未来一边找葬礼服,
一边用绷紧的零碎打发下午,

俄罗斯完蛋了——黑白时代的底片，
男低音：您早，清脆的高中生：
啊——走吧——进来呀——哭就哭——好吗？
尊称的面具舞会，代词后颤"R"
马达般转动着密约桦林和红吻。
巴黎也完蛋了，
　　　　　我落座一柄阳伞下
张望和工作。人在搭构新书库，
四边是四座象征经典的高楼，
中间镶嵌花园和玻璃阅读架。

人，完蛋了，如果词的传诵，
不像蝴蝶，将花的血脉震悚。

四

我们的睫毛，为何在异乡跳跃？
慌惑，溃散，难以投入形象。
母语之舟撇弃在汪洋的边界，
登岸，我徒步在我之外，信箱
打开如特洛伊木马，空白之词
蜂涌，给清晨蒙上萧杀的寒霜；
陌生，在煤气灶台舞动蛇腰子，
流亡的残月散发你月经的辛酸，

妈妈，卡珊德拉，专业的预言家，
他们逼着你的侧影吸外国烟，
而阳光，仍舒展它最糟糕的惩罚：
鸟越精确，人越不当真，虽然

火中的一页纸咿呀，飒飒消失，
真相之魂夭逃——灰烬即历史。

五

阳光偶尔也会是一只狼，遍地
转悠，影子含着回忆的橄榄核，
那是神，叫你的嘴回味他色情的
津沫，让你失灵，预言之盒
无力装运行尸走肉，沐浴在
这被耀眼的盲目所统辖的沙滩。
看见即说出，而说出正是大海，
此刻的。圆。看见羊癫疯。看。

生活，在哪？"赫克托，我看见你
坐在一万双眼睛里抽泣，发愣"——
你站在这，但尸体早发白。等你
再回到外面，英雄早隐身，只剩

非人和可乐瓶，围观肌肉的健美赛，
龙虾般生猛的零件，凸现出未来。

六

樱桃，红艳艳的，像在等谁归来。
某种东西，我想去取。下午，
我坐着坐着就睡了，耳朵也倦怠，
我答应去外地取回一本俄文书。
你坐在你散发里，云雀是帽子。
笔，因寻找而温暖。远方，来客。
梦寐之中，你的手滴落着断指，
我想去取：人，铜号，和火车；

樱桃，红艳艳的，等的纯粹逻辑，
我心跳地估算自己所剩的时光；
没有你，祖国之窗多空虚。呼吸，
我去取，生词像鳟鱼领你还乡；

你去取，门锁里小无赖哇吐静电——
痛，但合唱惊警地凌空，绝缘。

七

你回到莫斯科，碰了个冷钉子，

而生活的跟跄正是诗歌的跟跄。
除夕夜,乌鸦的儿女衣冠楚楚地
等钟声,而时间坏了,只好四散。
带担架的风景里躺着那总机员,
作协的电话空响:现实又迟到,
这人死了,那人疯了,抱怨,
抱怨的长脚蚊摇响空袭警报。
完美啊完美,你总是忍受一个
既短暂又字正腔圆的顶头上司,
一个句读的哈巴儿,一会说这
长了点儿,一会说你思想还幼稚,

楼顶的同行,事后报火,他们
跛足来贺,来尝尝你死的闭门羹。

八

Wenn Du wirdlich mich sehen willst, so mußt Du handeln!
——Tsvetajeva an Rilke

东方既白,经典的一幕正收场:
俩知音一左一右,亦人亦鬼,
谈心的橘子荡漾着言说的芬芳,
深处是爱,恬静和肉体的玫瑰。

手艺是触摸,无论你隔得多远;
你的住址名叫不可能的可能——
你轻轻说着这些,当我祈愿
在晨风中送你到你焚烧的家门:
词,不是物,这点必须搞清楚,
因而首先得生活有趣的生活,
像此刻——木兰花盎然独立,倾诉,
警报解除,如情人的发丝飘落。

东方既白,你在你名字里失踪,
植树的众鸟齐唱:注意天空。

九

人周围的事物,人并不能解释;
为何可见的刀片会夺走魂灵?
两者有何关系?绳索,鹅卵石,
自己,每件小东西,皆能索命,
人造的世界,是个纯粹的敌人,
空缺的花影愤怒地喝彩四壁,
使你害怕,我常常想,不是人
更不是你本身,勾销了你的形体;
而是这些弹簧般的物品,蹿出,
整个封杀了眼睛的居所,逼迫

你喊:外面啊外面,总在别处!
甚至死也只是衔接了这场漂泊。

无根的电梯,谁上下玩弄着按钮?
我最怕自己是自己唯一的出口。

十

我摘下眼镜,我愿是聋哑人的翻译——
宇宙的孩子们,大厅正鸦雀无声:
空气朗读着这首诗,它的含义
被手势的蝴蝶催促开花的可能。
真实的底蕴是那虚构的另一个,
他不在此地,这月亮的对应者,
不在乡间酒吧,像现在没有我——
一杯酒被匿名地啜饮着,而景色
的格局竟为之一变。满载着时空,
饮酒者过桥,他愕然回望自己
仍滞留对岸,满口吟哦。某种
悲天悯人的情怀,和变革之计
使他的步伐配制出世界的轻盈。
大人先生,你瞧,遍地的月影……

十一

……是的，大人，月亮扑面而起，
四望皎然，峰顶紧贴着您腮鬓：
下面，城南的路灯吐露香皂气，
生活的她夜半淋浴，双眼闭紧，
窗纱呢喃手影，她洗发如祈祷，
回身隐入黑暗，冰箱亮开一下；
永恒像野猫，广告美男子歪到
彗星外，冰淇淋天空满是俏皮话……
……夜莺啊正在别处，
     是的，您瞧，
没在弹钢琴的人，也在弹奏，
无家可归的人，总是在回家：
不多不少，正好应合了万古愁——
呵大人，告诉我，为何没有的桂树
卷入心思，振奋了夜的秩序？

十二

九月，果真会有一场告别？
你的目光，摆设某个新室内：
小铜像这样，转椅那样，落叶，

这清凉宇宙的女友，无畏：
对吗，对吗？睫毛的合唱追问，
此刻各自的位置，真的对吗？
王，掉落在棋局之外；西风
将云朵的银行广场吹到窗下：
正午，各自的人，来到快餐亭，
手指朝着口描绘面包的通道；
对吗，诗这样，流浪汉手风琴
那样？丰收的喀秋莎把我引到
我正在的地点：全世界的脚步，
暂停！对吗？该怎样说："不!?"

（1994年）

发明的现实
——读张枣的四首诗

一个诗人的重要性,体现在有着反复的阅读和众多的解释上。张枣的诗都说写得好,但究竟好在哪,我们的认识还很不充分。只有具体到张枣诗的每一首、每一行甚至每一字的细读,才能认清每一棵枣树,进而盘活整一片枣林。否则,对张枣的理解只能流于空疏,无非人云亦云地谈论一下他的诗学观念,如元诗、面具性、对话原则,云云。

但是,张枣的诗特别难读,又特别耐读。他心有千窍,语兼多能,拥有出入中西、悠游古今的自由,在现实与文本、想象与回忆多个不同的层面恣意跳脱,其诗极具开放性与不确定性,似乎容得下多重解释,可是要找到令人信服的合理的解释,简直是智力上的挑战。但是,有着高度的艺术自觉的张枣,其写作整体规划性很强,每一首诗的设计都匠心独运,值得沉潜到文本的深处,沿每一根神经末梢加以读解。

下面,我选取张枣的四首诗加以释读,也是为进一步了解张枣的诗艺做一点基础工作。解诗不是猜谜。谜只有一个谜底,而诗无达诂,好的解释尽管可能圆融一些,但不应专断,事实上也无法堵住别的解释路径。

一　《深秋的故事》

这首《深秋的故事》，是谁的故事？是叙述人"我"的，还是"她"的，或者是"她"和"我"两个人的？柏桦说：

> 我们顺便再来看他另一首小憩时写的《深秋的故事》。它是张枣1984年或1985年写于重庆的一首小诗，此诗是作者在重庆对江南尤其是对南京及其周遭江南小镇的想象，由于诗中有一个我们能感触到的人物——她（在诗中写人或各种人物的出场表演，是他一贯最拿手的技艺）的穿梭，江南古典的风景也就重新活过来了。读者特别要注意，张枣几乎所有的诗都有一个对象（这个对象常是他者但有时也是自己，譬如《那使人忧伤的是什么》、《早春二月》，便是作者在描画或探究自己的篇章），即一个具体的倾听者，他常常会以他的幻美之笔，将这个或那个他生活中的人物写入他安排妥帖的诗歌场景中，这正是他念兹在兹的"情景交融"——我们先人最严守的古典诗律。（柏桦：《张枣》，见宋琳、柏桦编：《亲爱的张枣》，江苏文艺出版社，2010年，第45页）

柏桦由此称赞张枣给笔下的人物美容的魔法，属于纳博科夫所谓"讲故事的人、教育家和魔法师"之集于一身。

我觉得，魔法师当然了不起，但首先讲故事要讲好。单由一个人物"她"来穿梭是不够的,单写对一个地方的想象也不足以构成一个"故事"。再说为什么是想象"南京及其周遭江南小镇"呢?柏桦对南京情有独钟,恐怕就替张枣做了主,安知张枣更向往的不是苏杭?这首诗里,"她"只是一个穿梭者而"我"只是一个倾听者么?"我"与"她"之间,难道没有故事发生么?

我想,故事应该是发生在"我"和"她"之间的。一开始就是结局:

向深秋再走几日
我就会接受她震悚的背影

写的是即将到来的分手,但不说分手,而说"她"转身离去,以背影示人,把"震悚"留给"我"。是的,"震悚"似乎形容"她"的背影,其实却是"我"对"她"的离开的感觉,属于高度压缩的表达。

她开口说江南如一棵树
我眼前的景色便开始结果
开始迢递;

句型与《镜中》"只要想起一生中后悔的事 / 梅花便落满了南山"是一样的。"她"属于江南,而"我"没到过江南。"她"一说起江南,"我"便境由心生,想象着诸如"青山隐隐水迢迢,秋尽江南草未凋"之类的"诗行"——"我"对江南的认识只停留

发明的现实

在书本上，诗行间。唯其如此，乃有向往。

> 呵，她所说的那种季候
> 仿佛正对着逆流而上的某个人
> 开花，并穿越信誓的拱桥

江南的秋天是反季节的。在张枣熟读的鲁迅《野草》里，连雪都是滋润的，所以有"开花"的可能。"逆流而上的某个人"是谁？看似费解，联系"穿越信誓的拱桥"，我们明白了：这是指传说中那位抱柱的尾生。《庄子·盗跖》："尾生与女子期于梁下，女子不来，水至不去，抱梁柱而死。"想象一下，水涨上来了，行将灭顶了，远看上去像是一个人正在逆流而上。

尾生的故事是爱情的故事。江南是爱情的多发地带，第二节便写到情人们，但是以老人们为背景。

> 落下一片叶
> 就知道是甲子年
> 我身边的老人们
> 菊花般升腾，坠地
> 情人们的地方蚕食其他的地方
> 她便说江南如她的发型
> 没有雨天，纸片都叠成了乳燕

老人们如菊花般自开自落，这诡异的意象何解？我想，张枣

"情人们的地方蚕食其他的地方"的用心,可能出自叶芝《驶向拜占庭》(*Sailing to Byzantium*)的开头:

> That is no country for old men. The young
> In one another's arms, birds in the trees⋯
>
> 那不是老年人的国度,年轻人
> 在彼此的臂弯里,而鸟儿在树上⋯⋯

情人们耽溺于感官的享乐,老人们却纯粹精神化了,有如清晰而芬芳的菊花。升腾坠地的菊花,又叫"落英"。接下来"她"说江南如自己的发型,是指属于燕钗蝉鬓的古典一系吧?下雨时,泥重燕飞迟,"没有雨天",燕子也飞得轻盈如纸片。

第二节写"她"的江南,第三节写回到此地的"我":

> 而我渐渐登上了晴朗的梯子
> 诗行中有栏杆,我眼前的地图
> 开始飘零,收敛
> 我用手指清理着落花
> 一遍又一遍地叨念自己的名字

第一节的景色"开始迢递",这一节的地图"开始收敛"。第一节的"开始结果",这一节"开始飘零"。也就是说,"我"对"她"的爱情是无望的,"开花"变成了"落花",而落花有意,流

发明的现实　　111

水无情,"她"的芳心或许另有所属,属于江南,属于常存抱柱信的"某个人"?一念及此,"我"也释然了,"震悚"转成了"晴朗"。"而我渐渐登上了晴朗的梯子"承接上文的"没有雨天",也有古诗词的影子,如李煜的"高楼谁与上?长记秋晴望",如周邦彦的"楼上晴天碧四垂,楼前芳草接天涯。劝君莫上最高梯"。

第四节的情绪,充和而舒张。深秋的故事结束了,但"我"将因为"她"的名字而念想着江南。"我"哪天会经过那有着许多小石桥的江南("石桥"呼应着第一节的"拱桥"),但不会跟"她"打招呼,只会经过她寂静的耳畔。"寂静"似乎是形容"她"的,其实只是说"我"不打算惊扰"她",悄无声息地走过"她"身旁,如张枣《穿上美丽的衣裳》所谓"我用沉默的嘴唇向你致敬"。表达上仍然高度浓缩。接下来三句,更浓缩也更动人:

> 她的袖口藏着皎美的气候
> 而整个那地方
> 也会在她的脸上张望

"气候"呼应第一节的"季候","地方"呼应第二节的"地方"。这首诗,谈天气比谈恋爱还要多。"皎美"二字形容江南的气候,也足以写尽江南整个的美。诗中并不直接写"她"有江南女子的美,却说整个江南地方都在"她"脸上张望。于是,"她"的美、娴静、贞刚,都给烘云托月地晕染出来了。

这首诗,针脚细密,意象精雅,音韵和婉,在中国古典诗和现代西方诗影影绰绰的映衬下,隐约而曲折地表现了一则爱情的故事，也呈现出一片"语言的风景"，即一个只有依赖语言才存在的现实。

二 《苍蝇》

昔者庄周梦为蝴蝶，栩栩然蝴蝶也。今者张枣梦为苍蝇，栩栩然苍蝇也。庄周张枣，zigzagzigzag，化而为一也。

我们佩服张枣的英、德、法、俄的多语种天赋，使他有心也有力去汲取西方的果汁，但不要忽略他有意识地吸收与转化中国古典的修为。《何人斯》、《十月之水》、《楚王梦雨》、《刺客之歌》等，都是二十世纪八十年代的张枣融化刷新中国典故的尝试。《苍蝇》是一例，接下来《蝴蝶》又是一例。《苍蝇》紧连着《蝴蝶》，也紧接着庄周。

《庄子·齐物论》："昔者庄周梦为胡蝶，栩栩然胡蝶也。自喻适志与，不知周也。俄然觉，则蘧蘧然周也。不知周之梦为胡蝶与？胡蝶之梦为周与？周与胡蝶则必有分矣。此之谓物化。"大意是说，从前庄周梦中化身为蝴蝶，活泼泼一只蝴蝶，自觉惬意极了，浑不知自己是庄周。一会儿醒了，惊疑地发现，自个儿还是庄周。不知是庄周梦中化为蝴蝶呢，还是蝴蝶梦中变成庄周？庄周与蝴蝶一定有分别呀。这就叫万物化而为一。

在庄子的这则寓言里，蝴蝶其实是可以替换为苍蝇的——

我越看你越像一个人
清秀的五官，纹丝不动

发明的现实

> 我想深入你嵯峨的内心
> 五脏俱全，随你的血液
> 沿周身晕眩，并以微妙的肝胆
> 扩大月亮的盈缺

这些诗句，写的是苍蝇，却像是张枣本人的自画像，清秀而微妙。纹丝不动，是小小的随便的死亡，血液却沿着周身晕眩，诗人已然托体化身为精致的苍蝇，与之同感，同情。"嵯峨"本来是形容山势高耸，以群山之大，写苍蝇之微，小东西的高境界，是一重意外；"以微妙的肝胆／扩大月亮的盈缺"，弱引力的大作用，这又是一重意外。《庄子》有鼠肝虫臂之喻，都属于"微妙的肝胆"。中国古典中不乏显微知著的灵视传奇，如《列子·汤问》里的纪昌学射，目不转瞬地盯着虱子，三年后看得虱子像轮子一样大，再看别的东西，都宏伟如丘山。张枣也有这种"视小如大，视微如著"的能力，从微雕般的苍蝇身上，看见清秀的五官、完整的五脏、微妙的肝胆、嵯峨的内心。

张枣的苍蝇，就像里尔克的豹，作者都敏感之至，灵魂附体到对象身上，感其所感，思其所思，甚至随着血液沿周身晕眩。这跟传统的把感情投射到所咏对象之上的咏物诗是不大一样的。这不，主体与客体，展开了喁喁的对话：

> 我绕着你踱了很多圈
> 哦，苍蝇，我对你满怀憧憬

> 你的天地就是我的天地
> 你的春秋叫我忘记花叶
> 如此我迁入你的寿命和积习
> 与你浑然一体，歌舞营营，
> 听梦中的情侣唏嘘

仿佛里尔克的豹绕着一个中心在极小的圈中旋转，"我绕着你踱了很多圈"。这一句诡异惊悚：写的是一个人，但这个人分明是一只苍蝇，是鲁迅《在酒楼上》里的蝇子，飞去又飞来，还停在原地点，不过绕了一点小圈子，飞不远，很可笑，可怜。但张枣寄情于这卑微的生命。

这里尽是庄子的意象和观念。朝菌不知晦朔，蟪蛄不知春秋，苍蝇不知花叶。你的天地很小，但是，小大之辨是相对的，"大天地而小毫末"是不对的，所以张枣想迁入苍蝇短暂的寿命中，和嗡嗡营营往来盘旋的积习里，载歌载舞，听梦中的情侣的叹息。情侣不知身在梦中，而梦着他们的梦。"方其梦也，不知其梦也。梦之中又占其梦焉，觉而后知其梦也。且有大觉而后知此其大梦也。"张枣太喜欢庄子的这个玄妙之想了，他说，"我的梦正梦见另一个梦呢"（《楚王梦雨》）。

诗的最后两节，回到了纹丝不动的死亡：

> 你看，不，我看，黄昏来了
> 这场失火的黄昏
> 灾难的气味多难闻

让我们不再跟世界一起紊乱

哦，苍蝇，小小的伤痛
小小的随便的死亡
好像你蹉跎舌头上
另一种滋味，另一种美馔

"你看，不，我看"，这是合体。你的死就是我的死，我感同身受着你的死亡的小小伤痛，在闻到世界的灾难那难闻的气味之后，让我们解脱吧。原本我们都是嗡嗡营营，跟这个紊乱的世界同一节奏，现在，"让我们不再跟世界一起紊乱"。小小的死亡，是无谓。随便的死亡，是无常。但庄子说，死生存亡，实为一体。"蹉跎"是虚度，是错失。"另一种滋味，另一种美馔"是指死亡的大餐，一直错过了的，现在终于可以慢慢地品尝了。

张枣的这首《苍蝇》，写于1988年左右，在德国。此诗最初发表于《倾向》杂志，《春秋来信》未收，上面用的是《张枣的诗》的版本。而据张枣《苍蝇》的手稿，和初发表于《倾向》上的文本，末节"小小的随便的死亡"后面还有一句"好像只是触及他人"。是张枣自己定稿时删去的呢？还是成书录入时漏打了一行？从诗本身来说，没有这一行更好。

苍蝇向来不大入诗。废名有一篇短文《蝇》，说："看起来文学里没有可回避的字句，只看你会写不会写，看你的人品是高还是下。"张枣真会写，借了庄周梦蝶的壳，换成张枣梦蝇的芯。但我说庄子的玄想构成了张枣这首《苍蝇》的基础，并不是说它完全没有西方的影响。英国诗人威廉·布莱克（William Blake）有一首《蝇》（*The Fly*），初学英语者好像都熟悉，写人从蝇的存在中窥见了生命的意义。蝇是人的镜像，两者合而为一：

> Am not I
> A fly like thee?
> Or art not thou
> A man like me?

> 我岂不像你
> 是一只蝇？
> 你不也像我
> 是一个人？

张枣这首诗，与布莱克的《蝇》如此契合，却赋予了更多感性，在痛悼一个微末的生命之夭亡的同时，寄寓了对自我之有限性的深刻体认。

三 《祖父》

张枣倡导"元诗"理论，仿佛一切都是语言制造的现实，只在文本内部发生，只赖语言本身成立。他说：

> 诗中的老虎现在成了名副其实的纸老虎，在文本中只具

备某种美学功能，就像达利的那些猛虎一样，只在构图的梦中才扑向卧着的美人儿。(《朝向语言风景的危险旅行》)

其实这是后话。如果我们觉得他自己的诗中那些超现实主义的幻景，仅仅是空中语耳，没有真实的缘起，那就大错特错了。比如这首《祖父》，写的真是他自己的祖父，是个老中医，惯治跌打损伤，常骑个叽叽嘎嘎的老式直杠脚踏车采草药，所以一开始就是祖父的日常标准像：

> 鸣蝉的脚踏车尾夹紧几副秘方，
> 门虚掩着，我写作的某个午晌。

两行诗便设定了这首诗的祖孙对话的场域，还有话题："秘方"是一个，"写作"是另一个。叽叽嘎嘎如蝉嘶的脚踏车，后座夹紧的几副"秘方"原是指刚采来的草药，但"秘方"是写在纸上的。医者不能自医，祖父的"秘方"这下子治不了自己了：

> 祖父泪滴的拳头最后一次松开——
> 纸条落空：明天会特别疼痛；

从"夹紧"的"秘方"，到"松开"的"拳头"，活得很带劲的祖父没救了，他平常总是在给人正骨后警告说：明天会特别疼痛哦！但这一回落了空，明天无所谓疼痛不疼痛了。

因为脱臼者是无力回天的，
逝者也无需大地，幽灵用电热丝发明着
沸腾，嗲声嗲气的欢迎，对这
生的，冷的人境唱喏对不起；

开头两行，一句天，一句地，又是对称，就像上一节的"夹紧"与"松开"。脱臼者是无力回天的，幽了祖父一默，很现成。但张枣的英文系背景让我推测，他此刻想到了《哈姆雷特》第一幕最后的两行，仿造张枣的调调儿译出来是：

The time is out of joint：O cursed spite，
That ever I was born to set it right!

时代脱臼了，哎，我真悲摧，
偏生我要我来把它重新归位：

"out of joint"就是"脱臼"，"set it right"朱生豪译成"重整乾坤"，太严重了，其实不过就是接骨师矫正骨头使之归位。逝者也无需大地，他去了幽冥界。"幽灵用电热丝发明着／沸腾，嗲声嗲气的欢迎，对这／生的，冷的人境唱喏对不起"，如果不熟悉但丁的《地狱篇》，张枣所爱的鲁迅《野草》里的《失掉的好地狱》，也有冷油死火的场景可以参照：沸油的边际早不腾涌；大火聚有时不过冒些青烟……，一切都假得很。"嗲声嗲气"把幽灵卡通化了，"唱喏［rě］"也是，指边作揖边打招呼致意，比如孙悟空

发明的现实

"唱个肥喏",听上去总不大正经。诗人想象祖父到了阴间,幽灵们向他打着手势:"哈罗!欢迎来到实在的荒漠!"

接下来,语调一归雅正——张枣说过:"我发明了一些复合调式来跟我从前的调式对话,干得较满意的是《祖父》和《跟茨维塔伊娃的对话》。"(《黄灿然访谈张枣》)

> 南风的脚踏车闻着有远人的气息,
> 桐影多姿,青凤啄食吐香的珠粒;

第一行是续上那脚踏车后座夹着的草药香,凯风自南,而斯人已远。多么抒情的温润!第二行更复杂,"桐影多姿,青凤啄食吐香的珠粒",当然是应景,却也是用典。"青凤啄食吐香的珠粒"杂糅了杜甫《秋兴》的"香稻啄余鹦鹉粒,碧梧栖老凤凰枝",而"桐影"、"青凤"又囊括了李商隐《韩冬郎即席为诗相送因成》的"桐花万里丹山路,雏凤清于老凤声"。大家都很佩服张枣的外语能力强,能够自如地出入中西,却不大了解他从小就念了不少古典诗词,也能够自在地悠游古今。如果不是记忆中杜甫和李商隐的文本幽灵般地浮现,像"桐影多姿,青凤啄食吐香的珠粒"这样的诗句,还真不是任由词语的胡乱碰撞能够到一起来的。

然后,张枣的超现实主义的幻景出现了,带着达利绘画式的无厘头:

> 摇响车铃的刹那间,尾随的广场
> 突然升空,芸芸众生惊呼,他们

> 第一次在右上方看见微茫的自身
> 脱落原地，口中哇吐几只悖论的
> 风筝。

这在说些什么呢？我们在张枣别的诗里可以找到钥匙。这首《祖父》写于1994年，它有一个互文本，即两年后张枣的组诗《云》之六：

> 地平线上，护士们忙乱着。
> 瞧，我那祖父。他正弯腰
> 采草药。乌云把口袋翻出来，
> ……
> 尊严从云缝泄出金黄的暗语。
> 地平线上，护士们在撒手：
> 天上担架飘呀飘。……

"天上担架飘呀飘"是《云》，写祖父的仙逝，而在《祖父》里，飘起来的是"云朵的银行广场"。只要一想起祖父，他就浮现在我的面前，伴随着那熟悉的脚踏车铃声。说白了就是这个意思。但这么说就不是诗了，尤其不是张枣的诗了。天上风筝飘呀飘，断了线的骨架跌回原地，仿佛魂魄飞升了，带不走躯壳的遗蜕。大约这就是"悖论"：众生惊见微茫的自身脱落原地。这是不是很费解？是的，但只要懂得张枣诗歌的"分身术"，就不难解了。张枣经常写主体的分身和化身：我是我，但我知道自己已经变成了

发明的现实

另一个我,在反身回看我自己。所以众生看见自身登遐未济又打回原形,没有什么奇怪。

但这里牵涉到祖孙之间的对话,众生所见的微茫的自身,就有更深层的意思了。还是跟组诗《云》有关,那是张枣为他的儿子两周岁生日而写的,他说:

> 在你身上,我继续等着我。
>
> ——《云》之一

> 你祖父般
> 长大。你,妙手回春者啊!
>
> ——《云》之六

在张枣的意识中,生命的遗传和流转是神秘而确凿的,祖父、父亲、我、儿子,都是"自己",是"微茫的自身"的链条上不断"回"着的一环。祖孙之顾盼有情,痛痒相关,是深藏着的情感,表面上却是戏谑的调调儿。祖父的再度降临,严肃而可笑:

> 隔着晴朗,祖父身穿中山装
> 降落,

"中山装"好,老派,正统,可见祖父是本城极方正的老先生。请留意这句话的声音,好几个〔z〕〔zh〕声母相同:祖、中、装;好几个韵母〔ang〕相同:朗、装、降。张枣真是汉语声音的魔术师。"字迹的清晰度无限放大",照应着第一节的"秘方"和"纸条"。祖父给张枣留下的印象,是开的药方上的字迹,采的药草中的气息。现在——

> 他回到身外一只缺口的碗里,用
> 盐的滋味责怪我:写,不及读;
> 诀别之际,不如去那片桃花潭水
> 踏岸而歌,像汪伦,他的新知己;
> 读,远非做,但读懂了你也就做了。

豁口的碗,想必是祖父的遗物吧。"回到身外",又是悖论的表达。在一只碗里发话,又是魔幻的场景。"盐的滋味"大约跟首节"泪滴"相关。此时正是"门虚掩着,我写作的某个午晌",我要写一首给祖父的诗,祖父按下云头降落了,来劝说我,与其写诗,不如送歌。像汪伦送别李白那样。"忽闻岸上踏歌声"的"踏歌",是民歌的转轴连唱,上下相接,宛转相递,不是"踏岸而歌",张枣有误解,不过也无大碍。

写,不及读;读,远非做,但读懂了你也就做了。这也是张枣核心的诗学命题:一方面,诗不能使任何事发生;另一方面,文本的超级虚构比现实更真实。这个悖论,张枣在《跟茨维塔伊娃的对话》里反复申说:一会儿说,词就是物,诗的结果是一件件静物;一会儿又说,词,不是物,因而首先得生活有趣的生活。"读"、"写"、"做"三者的关系,也就是生活与诗歌的关系,是张枣的紫心之念。

这一节出现了"他"、"我"、"你"三个人称，而"我"就是"你"，主体被客体化，游离到身外看自身，还是分身和换位的技术。最后——

> 你果真做了，上下四方因迷狂的
> 节拍而温暖和开阔，你就写了；
> 然后便是临风骋望，像汪伦。写，
> 为了那缭绕于人的种种告别。

做什么了呢？还是指写。写了一首告别的诗，就是这首《祖父》。张枣的诗，常玩自我指涉的把戏。"上下四方因迷狂的/节拍而温暖和开阔"，你看，诗让某些事情发生了，先前那"生的，冷的人境"变得温暖而熟络了，祖孙在一番教导和听从的互动之后，亲情和精神的遗传得以延续了。"临风骋望"出自屈原《九歌·湘夫人》的"袅袅兮秋风，洞庭波兮木叶下。登白薠兮骋望，与佳期兮夕张"。张枣在一行诗中，接通了屈原、李白和自己，这也是"缭绕于人的种种告别"之一种，是生命的遗传，文字的流转。

一切写都是复写，一切告别都是为了重逢。一切死去的都将再生，以新的形象。在张枣身上，祖父在继续等着自己。等着自己的，还有屈原、李白、杜甫、李商隐，以及莎士比亚。

四 《厨师》

张枣二十世纪八十年代中期去德国留学，在那个时代真是令人艳羡，然而他却把在德国十多年里的生活说成是坐牢，因为吃尽了孤独无聊之苦。"我的自我流放生活是异常痛苦的，像是天天在写遗嘱。"他患上了酒瘾，坚持每夜十二点开始把自己喝醉。爱吃的美食一样也吃不着，对于他这样的馋人简直是酷刑。欧阳江河说起过，有一回去德国，张枣远从另一个城市到他寓所里来聚餐，晚上明明坐火车回去了，谁知半夜里听到敲门声，原来是张枣又坐了夜车返回："那盘剩下一半的红烧肉不吃完可惜了。"

《厨师》的开头两行，是由孤独与饥饿给打的底子：

> 未来是一阵冷颤从体内搜刮
> 而过，翻倒的醋瓶渗透筋骨。

写胃里剐人的饿感，无比真切。而且张枣有极严重的胃溃疡，"比谁都严重，比谁都疼"，所以这一阵"冷颤"也是写胃溃疡的隐隐作痛。为什么说是"未来"呢？也让张枣自己解释吧：

> 凭窗望去，街坊上有了动静，德国日常生活的刻板和精准醒了：小男孩背着书包走过，一个职员模样的中年人走过，脸上还有被闹钟撕醒的麻木……。他们的腿甚至像秒针般移动……一切都那么有序，一眼就望到了来世，没有意外和惊喜，真是没意思呀。
>
> ——《枯坐》

> 一张安眠药的脸

> 凸凸凹凹的明天
> 会把你一寸寸偷窃
>
> ——《纪念日》

酸是胃酸,也是醋酸。阿城的《威尼斯日记》里提到过一件事,堪比张枣的"半盘红烧肉":有一朋友,山西人吧,忽然想起老家了,便到杂货铺买了一瓶山西老陈醋,坐在街边喝,喝得眼泪流出来。

> 厨师推门,看见黄昏像一个小女孩,
> 正用舌尖四处摸找着灯的开关。
> 室内有着一个孔雀一样的具体,
> 天花板上几个气球,还活着一种活;
> 厨师忍住突然。

厨师是谁?就是诗人张枣自己。他是吃货,也能动手,自诩做得一手好菜,刀工、火候、配料,样样在行。从一天刻板和精准的劳碌中回到孤身一人的寓所,已到了掌灯时分。"黄昏像一个小女孩,/ 正用舌尖四处摸找着灯的开关",这一句是从 T. S. 艾略特《普鲁弗洛克的情歌》(*The Love Song of J. Alfred Prufrock*)化生而来的:

> The yellow fog that rubs its back upon the window-panes,
> The yellow smoke that rubs its muzzle on the

window-panes
　　Licked its tongue into the corners of the evening,

　　黄色的雾在窗玻璃上挠着背，
　　黄色的烟在窗玻璃上擦着嘴
　　把它的舌头舔进黄昏的角落，

张枣给研究生专门讲过《普鲁弗洛克的情歌》，说这三行中，"把舌头伸出来，在黄昏的角落里舔来舔去，雾的移动感表达得很准确"。单身汉的室内映着虚白的光，每样东西都具体地凸显着一种最潦草无根的活法。比如，晚餐还没有着落，怎么对付呢？

　　厨师忍住突然。他把豆腐一分为二，
　　又切成小寸片，放进鼓掌的油锅，
　　煎成金黄的双面；
　　　　　　　再换另一个锅，
　　煎香些许姜末肉泥和红颜的豆瓣，
　　汇入豆腐；再添点黄酒味精清水，
　　令其被吸入内部而成为软的奥秘；
　　现在，撒些青白葱丁即可盛盘啦。

这是整首诗的华彩段落，诗人动用了各种感官，来煎一个家常豆腐："鼓掌的油锅"诉诸听觉；"软的奥秘"诉诸触觉；黄酒、红艳的豆瓣、青白的葱丁，特别是白嫩的豆腐煎成金黄，诉诸视

发明的现实

觉；如果加上后面的"香喷喷"的诉诸嗅觉，等于听觉、触觉、视觉、嗅觉都一起用上了，为成就一盘油煎豆腐的美妙味觉！

"鼓掌的油锅""即可盛盘啦。"仿佛是一场表演，大厨在被围观中炫技。可是，接下来的一句，就戳破了吹起来的气球——

  厨师因某个梦而发明了这个现实，

天可怜见！原来这纯粹是欲望得不到满足的空想。在这个寒冷的冬夜，孤独的、饥饿的、胃溃疡的、嘴里淡出鸟来的诗人，画饼充饥，用语言为自己噼里啪啦热香四溢地油煎了一盘家常豆腐，过一下垂涎三尺的瘾。可是，梦总有醒来的时候：

  户外大雪纷飞，在找着一个名字。
  从他痛牙的深处，天空正慢慢地
  把那小花裙抽走。
  从近视镜片，往事如精液向外溢出。

这首诗有非常多、非常强烈的身体感，把诗人在异国的生存现实之冷峻和疏离表现得格外切肤而刻骨："搜刮"体内的"冷颤"，"渗透筋骨"的醋酸，"痛牙的深处"，等等。当一场饕餮被清醒地意识到是一个梦，一种发明，幕布便渐渐拉上了，晦暗的天空"正慢慢地／把那小花裙抽走"，就仿佛跌出了一场性爱的绮想。此诗为我们演绎了"食色，性也"的经典等式，只不过"往事如精液向外溢出"这一表述实在是发了狠，犯了禁，是冷酷绝望的情绪使他"突然""忍不住"了吧。他想念故乡的美食想疯了——

    厨师极端地把
  头颅伸到窗外，菜谱冻成了一座桥，
  通向死不相认的田野。他听呀听呀：
  果真，有人在做这道菜，并把
  这香喷喷的诱饵摆进暗夜的后院。

不由让人想起鲁迅《白光》里的陈士成，在又一次落第的精神崩溃后出现了幻觉，驱动自己去院子里挖银元，到山中寻宝藏。可怜的厨师，"被一层沁骨的寂静惊醒"，突然"起了身在何方之思"，幻视幻听中居然也听到有人在做这道菜，闻到"这香喷喷的诱饵摆进暗夜的后院"来诱惑自己。现在，我们知道张枣说的德国生活是真惨了——

  中国人到哪儿都逃不脱中国，本来就寄人篱下，现在更是无家可归，想一想就令人发疯。亲爱的钟鸣，你是还不知道孤悬海外的苦啊！（1990 年 5 月 25 日致钟鸣信）

全诗从头到尾贯穿了严寒的气候。体内的"冷颤"与户外的"大雪纷飞"，"冻成了一座桥"和"冰封的河面"。陌生的城市与人民与我了不相干，互为不存在，这就叫"死不相认"，是张枣所说的不想进入也进入不了的"人家的系统"。

让我们回头再看看诗中我们一带而过的那一个意象：

> 天花板上几个气球，还活着一种活：

在社会学的语言里，"天花板"比喻什么？指社会偏见所造成对某一群体的人在晋升到高层时的无形障碍，或者叫"玻璃天花板"。"气球"则是虚浮无根之物，其存在状态，用牟宗三《说"怀乡"》中的用语来描述最准确不过："现在的人太苦了。人人都拔了根，挂了空。"气球就是"拔了根"、"挂了空"的，与故土的纽带断裂了，又受阻于所在地上升通道上的"天花板"停滞不前，虽然"活着一种活"，但活得很假。

所以，诗人最后对这个时代的虚构的美好严词否定：不，不！但他的表达多么新奇而丰富呀——

> 有两声"不"字奔走在时代的虚构中，
> 像两个舌头的小野兽，冒着热气
> 在冰封的河面，扭打成一团……

否定，否定之否定，充满纠结。这是最糟的时代，不，这是最好的时代，不……相互驳诘，扭打，可还是归结到"舌头"上。在《厨师》这首诗中，"舌头"是居于中心的意象，关乎滋味，也指向语言。在天寒地冻的异国环境中，孤独的诗人也面对失语的危险。

《厨师》是一首真正的杰作，可以做多层次多向度的解释：现代生活的异化、流亡美学、身份政治与文化认同，等等。但它根本上却是无中生有，是一个孤独者为自己"发明"的现实，是一个时代的"虚构"——张枣总是在自己的诗中的某处藏好了使用说明书。

此诗依缘生境，实为幻有。幻有也是有，虽无实性，却现诸相。别看从头到尾有那么多事物和形象和动作，其实并没有真实发生，但却造成了一场惨烈的饥饿与反饥饿斗争。开头的"搜刮"加上"翻倒的醋瓶"，即营造出到冰箱和厨房找吃却找不着的印象。然后，何尝有"小女孩／正用舌尖四处摸找着灯的开关"？但是，境由心生，象由文立，一旦写出来，什么"小女孩"、"小花裙"、"两个舌头的小野兽"，便都有了。这就是基于语言的实体性而"发明"的"现实"。

这个诗的现实，是自律的，也是自足的。读了这首《厨师》，谁能否认，夹在"未来"和"时代"这两个大词中间的，是一个人孤独绝望的个体经验？夹在冰天雪地的枯燥与单调中的，是一盘家常豆腐，在鼓掌的油锅里煎成双面的金黄，而活色生香？

2018 年 5 月 26 日

深秋的故事 | 张　枣

向深秋再走几日
我就会接受她震悚的背影
她开口说江南如一棵树
我眼前的景色便开始结果
开始迢递；呵，她所说的那种季候
仿佛正对着逆流而上的某个人
开花，并穿越信誓的拱桥

落下一片叶
就知道是甲子年
我身边的老人们
菊花般升腾，坠地
情人们的地方蚕食其他的地方
她便说江南如她的发型
没有雨天，纸片都叠成了乳燕

而我渐渐登上了晴朗的梯子
诗行中有栏杆，我眼前的地图
开始飘零，收敛
我用手指清理着落花
一遍又一遍地叨念自己的名字，仿佛

那有着许多小石桥的江南
我哪天会经过,正如同
经过她寂静的耳畔
她的袖口藏着皎美的气候
而整个那地方
也会在她的脸上张望
也许我们不会惊动那些老人们
他们菊花般升腾坠地
清晰并且芬芳

苍　蝇｜张　枣

我越看你越像一个人
清秀的五官，纹丝不动
我想深入你嵯峨的内心
五脏俱全，随你的血液
沿周身晕眩，并以微妙的肝胆
扩大月亮的盈缺

我绕着你踱了很多圈
哦，苍蝇，我对你满怀憧憬

你的天地就是我的天地
你的春秋叫我忘记花叶
如此我迁入你的寿命和积习
与你浑然一体，歌舞营营
听梦中的情侣唏嘘

你看，不，我看，黄昏来了
这场失火的黄昏
灾难的气味多难闻
让我们不再跟世界一起紊乱

哦，苍蝇，小小的伤痛
小小的随便的死亡
好像你蹉跎舌头上
另一种滋味，另一种美馔

祖 父 | 张 枣

鸣蝉的脚踏车尾夹紧几副秘方,
门虚掩着,我写作的某个午晌。
祖父泪滴的拳头最后一次松开——
纸条落空:明天会特别疼痛;

因为脱白者是无力回天的,
逝者也无需大地,幽灵用电热丝发明着
沸腾,嗲声嗲气的欢迎,对这
生的,冷的人境唱喏对不起;

南风的脚踏车闻着有远人的气息,
桐影多姿,青凤啄食吐香的珠粒;
摇响车铃的刹那间,尾随的广场
突然升空,芸芸众生惊呼,他们

第一次在右上方看见微茫的自身
脱落原地,口中哇吐几只悖论的
风筝。隔着晴朗,祖父身穿中山装
降落,字迹的清晰度无限放大,

他回到身外一只缺口的碗里,用

盐的滋味责怪我：写，不及读；
诀别之际，不如去那片桃花潭水
踏岸而歌，像汪伦，他的新知己；
读，远非做，但读懂了你也就做了。

你果真做了，上下四方因迷狂的
节拍而温暖和开阔，你就写了；
然后便是临风骋望，像汪伦。写，

为了那缭绕于人的种种告别。

厨　师 | 张　枣

未来是一阵冷颤从体内搜刮
而过,翻倒的醋瓶渗透筋骨。
厨师推门,看见黄昏像一个小女孩,
正用舌尖四处摸找着灯的开关。
室内有着一个孔雀一样的具体,
天花板上几个气球,还活着一种活:
厨师忍住突然。他把豆腐一分为二,
又切成小寸片,放进鼓掌的油锅,
煎成金黄的双面;

　　　　　　再换另一个锅,
煎香些许姜末肉泥和红颜的豆瓣,
汇入豆腐;再添点黄酒味精清水,
令其被吸入内部而成为软的奥秘;
现在,撒些青白葱丁即可盛盘啦。
厨师因某个梦而发明了这个现实,
户外大雪纷飞,在找着一个名字。
从他痛牙的深处,天空正慢慢地
把那小花裙抽走。
从近视镜片,往事如精液向外溢出。
　　　厨师极端地把
头颅伸到窗外,菜谱冻成了一座桥,

通向死不相认的田野。他听呀听呀：
果真，有人在做这道菜，并把
这香喷喷的诱饵摆进暗夜的后院。
有两声"不"字奔走在时代的虚构中，
像两个舌头的小野兽，冒着热气
在冰封的河面，扭打成一团……

那些无关的枝节比史书生动
——读梁秉钧的《博物馆》

梁秉钧的《博物馆》是一本装帧非常考究、排版极为别致的诗集,出版于香港回归前一年的1996年,仅含九首诗,我认为是梁秉钧(也斯)的最佳作品,也足以跻身当代汉语诗歌最优秀的作品之列,可惜一直没有引起足够的关注和讨论。

在我看来,《博物馆》中有一些诗,对香港人的文化身份进行辨析,反映了特定时期香港人主体被悬置的困扰与焦虑,以及对即将到来的政治和文化权力的警惕和抗拒,但由于其主题先行,功能后设,表现了作者身为一个擅长流行的文化理论并娴于种种隐喻与象征技术的学院派作家的痼疾。而另一些诗,是真正的艺术家的本能颠覆了他既定的清晰理路,写来温婉而细腻,浑成又隽永,成为感性与智性兼洽的杰作,超越了地域与时代的特殊价值,而获得恒久的魅力。

一

从1984年中英开始香港问题的谈判,直至港人视为大限的

"九七",其间上演了一幕又一幕连续剧。在国与国的谈判进行时,港人普遍有命运操持在强势而莫测的他人手中的无力之感。其情感之纠结,心态之复杂,一言难尽。也就在《博物馆》出版的同时,王赓武教授在为其主编的《香港史新编》(香港三联书店,1997年)所作的序中指出:

> 新一代的历史学家……开始了重新讲述香港故事的跋涉。他们的多数贡献来自他们对香港华人的关注:他们是怎样组成的?是什么力量驱使他们奋力向前?又是什么能够唤起他们心底的回应?他们有什么话要为自己说?与此同时,西方的历史学家们仍旧关心香港作为政治和经济实体所取得的成就;而首先是中国大陆,其次是台湾的历史学家们,则开始有兴趣从中国人的角度来撰写香港历史。但是,崭新的观点还是主要来自那些当地的历史学家们,他们使我们明了"香港人"概念的由来,以及他们走上前台的经过。

梁秉钧的《博物馆》,属于用诗体书写的感性的香港史,其关注点正是"香港人"的前世今生。与西方的论述无关,诗人的萦心之处乃是在从大中国的角度来撰写香港史与作为主体的自我省视之间的紧张中"重新讲述香港故事"。第五首《北宋鱼形壶残件》,醒豁而严峻地揭出斯旨:

> 有权写历史的人大笔一挥,把西村窑
> 拼入北方耀州窑系,写出一套

完整的历史

碎片说：请认清楚我们的纹理
不要把我读入
你的历史

　　诗人当然熟知福柯的理论。"有权写历史的人"也顺便涉及了"权力"与"话语"之间的关联性。"权"与"写"在此结合为中心，借由排斥程序来运作，完全忽略边缘的存在之可能。诗中的"耀州窑系"是一个符号，暗示"北方"的权力。耀州在今陕西铜川，唐宋时以烧制陶瓷著名，北宋时曾为朝廷烧造贡瓷，是中国"六大窑系"中最大的一系。只有纳入这样的宏大叙事，小小的"西村窑"才可能被赋予意义。

　　但是，如果事情仅仅像这首诗中，"你"与"我"与"我们"可以划然而分界，那倒也简单。问题是，"你"与"我"未必不是共组"我们"的分子。请看《博物馆》中的第一首诗《周鼎》。

　　作为第一个统一的王朝，周朝创辟的典章制度与礼乐文化成为中华文明的基石。"鼎"为食器，用为礼器，同时亦成为国家政权的象征。但在《周鼎》一诗中，以"鼎"的形象出现的"郁郁乎文哉"的周文明，表面上虽然制定"礼乐"，铭记"典范"，众人"彬彬守礼"，纹理"端庄文明"，而其实掩不住太多的威严、器闹与野蛮的痕迹。《礼记》曰："礼之初，始诸饮食。"以青铜的辉煌为意象的中国历史的开端，不过是一场饕餮：

> 我们卑微的肠胃经过太多反复
> 饱餐历史狼吞传说永远的饮宴留下
> 填不满的空白在不断改变的制度中
> 我们逐步变成我们咽噬的食物
> 由于害怕遗忘,我们吞下所爱的人
> 咀嚼记忆饥肠辘辘我们望向身外
> 青铜的辉煌闪烁扣住众生的仰望
> 征伐荆楚君临中原之外的野莽
> 万人呼喊要界外的俚俗俯首称臣
> 镂之金石琢之盘盂处处铿锵的历史

值得注意的是,此时犹是一浑然未划的"我们"。"盛宴隆重排开","我们逐步变成我们咽噬的食物",这些表述不能不令我们联想到鲁迅沉痛的指控:"因此我们在目前,还可以亲见各式各样的筵宴,有烧烤,有翅席,有便饭,有西餐。但茅檐下也有淡饭,路傍也有残羹,野上也有饿莩;有吃烧烤的身价不赀的阔人,也有饿得垂死的每斤八文的孩子。所谓中国的文明者,其实不过是安排给阔人享用的人肉的筵宴。所谓中国者,其实不过是安排这人肉的筵宴的厨房。"(《灯下漫笔》)但之所以为"我们",是因为在这吃人的宴席上,概莫能外,无人能免于罪孽,如《狂人日记》里所说的,"我未必无意之中,不吃了我妹子的几片肉,现在也轮到我自己,……"。

然而,一旦自处于"中原之外的野莽"与"界外的俚俗",就可以免于罪孽。与"四千年吃人履历"的撇清于是出现。"我们"

分别成为"我"和"你":

> 饱咽诏令有伤脾胃,食具也太沉重
> 我可否放弃盛宴的肥腻,改进素羹
> 煮我的野菜与你一炉共冶?可会
> 调整你的威严逐步变出新的纹饰?

上古饮宴,制器有鼎、彝、爵、尊、盘、瓠,治馔有庖人、亨人、腊人、酒人、醯人、醢人。印证以《礼记》,"腶以东膴臐牛炙,炙南醢,以西牛胾醢牛鮨,鮨南羊炙;以东羊胾醢豕炙,炙南醢;以西豕胾,芥酱鱼脍",可见诗人对上古史的印象相当精准。牛羊豕鱼,烹浓炮脂,是谓"盛宴的肥腻"。与之相对的是清白无邪的"素羹"和"野菜"。这是另一种口味,另一种生活方式、价值乃至制度。上文就提到了"不断改变的制度"。而香港问题的实质正是"一国两制"。诗中形象的表述则是:两种口味,一炉共冶。

"我可否放弃盛宴的肥腻,改进素羹／煮我的野菜与你一炉共冶?""可会／调整你的威严逐步变出新的纹饰?"前一句的主语／主体是"我",后一句呢?若承前省略则仍是"我",但细揣语义,应该是省略了"你"。如果"我"放弃与否都需要征询"你"的意见,那么"调整你的威严"必定只能根据"你"自己的意向。这个主语／主体的省略乃是刻意的模糊,表现出对大中国的历史进程不以我们的意志为转移的无奈。

第一首《周鼎》中的"我们"只是一个共有的源头,迅即开始了"我"和"你"的分化。经由第五首《北宋鱼形壶残件》，"我们的纹理"与"你的历史"已然格格不入。到第七首《洋葱》，"你"已经变成了"他们"：

> 他们说
> 洋葱并没有
> 什么了不起，活该
> 它近来一再受到批评

呼应着"素羹"、"野菜"的"洋葱"，是"我们"的形象。历经一百多年的英国殖民统治，香港人被视为——或自认为被视为——异化的一群。尽管有一张永远不变的黄色的脸，但洋装在身，其心必异。"尽管像穿着乡土的外衣／它的姓氏听来就不可信赖／成分也不怎么好。""成分"这个具有鲜明的"文革"色彩的词，导向了粗暴的结论："他们结果用严正的言辞和感情彻底／取消了这简单的东西。"充满"辛酸"、"暧昧"的洋葱，作为"我们"化身，成为异类而"不见容于习见的言词"。诗的最后是各行其是：

> 他们裹着长袍呷茶说
> 他们喜欢猜灯谜
> 我寻找另外
> 的文字

既然"灯谜"的晦涩与"洋葱"的坦白两不投缘,"我寻找另外的文字",也就是试图对香港故事重新讲述,对香港人身份重新认定。

从《周鼎》的中心,转移至《北宋鱼形壶残件》,最后结于"不伦不类的今天"的《荷李活道街头》,《博物馆》组诗呈现出一个时间上从上古延至后现代、空间上从中心趋向边缘的过程。从一开始兼摄"你"、"我"的"我们",逐渐"你"是"你"而"我"是"我",然后"你"变成了"他们";在最后一首《荷李活道街头》里完成了排拒性的工作,"我们"获得了"你"亦即"他们"之外的主体存在:

  缝缝补补的历史
    买买卖卖的生意
  是我们的博物馆吗?
    纷乱中如何寻索
  一件物事
    帮助我们重思我们的过去
  理解我们的今天?

法国语言学家宾文尼斯特(Emile Benveniste)认为,只有第一人称"我"和第二人称"你"属于"人称代词"(personal pronouns),第三人称代词"他"一般只是"代词"(pronouns)而不是"人称"(person)。这个"第三者"实际上是个"非人"(non-person),跟"此地"或"此时"了不相干。(Emile Benveniste:

"*The Nature of Pronouns*", Mary Elizabeth trans., *Problems in General Linguistics*, Coral Gables, Florida: University of Miami Press, 1971, pp. 217－222.) 当诗中的 "你" 逐渐变成了 "他们" 之后，也就显露出 "非人" 的特征，而 "我们" 这一主体却是此时此地的人性的存在。

但这个 "我们" 的身份的纯粹自足仍然值得质疑，正所谓 "通过他者获得自我"，自我形象需借助于他者才得以构筑。在诗中看来，"我们的过去" 和 "我们的今天"，须从 "混在一起""挤在一起" 的仰韶文化的陶片、汉墓里的骏马、唐代的佛像、宋代的花瓶等等辨识与区分始得。"我" 与 "你"，"我们" 与 "他们"，彼此纠缠的局面到底还是很难厘清。

二

梁秉钧基于中心与边缘的分判而进行的香港人身份认同的辨析，成为二十世纪八十年代以来其诗的创作 "习见的言词"。他的 "莲叶" 系列中的《边叶》一诗，写于 1986 年，已经完整地呈现了这一特定的思维模式：

> 你惋惜养份来不到最偏远的叶缘
> 观赏的目光当然应该集中在主花
> 你是圆心，冠瓣的城垛辐射着权力
> 反复修订的正史，我是圆周上面
> 暧昧的一点，是风沙扰乱了的狼烟

> 边塞的传说，野史里模糊的情节
>
> 请不要带着君临的神色俯身向着我们
> 高唱激昂的雨曲，或是附和风传的靡音
> 边缘的花叶有自己的姿态，你可留意？
> 你会不会细读？独特的叶脉如街道纵横
>
> 反驳你心中既定的蓝图，你有没有细认？
> 逸出众人注视的目光，主叶岸然的面貌
> 之外：水底相连的根，心卷未舒的新叶
> 随风合唱中隐晦了的抒情需要另外的聆听

　　主花／边叶的相对之局，集中了充斥于梁秉钧诗中的一连串二元对立：你／我、中心／边缘、正史／野史、北方／南方（《北宋鱼形壶残件》之"北方耀州窑系"与《陶俑》之"南方的微风逐渐舒开了绷紧的脸"），甚至肥腻／素羹、严正／暧昧……。而只有诉诸这些对立，一个人或一个群体才可能确立其自我的身份。值得玩味的是，上面这首《边叶》中，诗人一再提到"观赏的眼光"与"注视的目光"，这让人想起拉康的镜像理论所指称的众人的目光之镜。拉康认为："人在看自己的时候也是以别人的眼睛来看自己，因为如果没有作为另一个的他的形象，他不能看到自己。"不是么？哪怕"逸出众人注视的目光"，也还是"需要另外的聆听"。

　　书写历史的权力也凸现在这首《边叶》中，而开启了梁秉钧日后对这个问题的思考。"历史"一词,在《博物馆》的九首诗中就出现了十二次。本来,主体就是一个历史性范畴,并不能从某一本源获得不变的本质。斯图亚特·霍尔说:"文化身份是有源头、有历史的。但是,与一切有历史的事物一样,它们也经历了不断的变化。它们绝不是永恒地固定在某一本质化的过去,而是屈从于历史、文化和权力的不断'嬉戏'。"(《文化身份与族裔散居》,见罗钢、刘象愚主编:《文化研究读本》,中国社会科学出版社,2000年,第223页)从《周鼎》的定于一尊起,王纲逐渐解钮,庶民与异族浮上表面,最终解散为碎片式的拼贴。梁秉钧从这一从中心逸出的离散化历史过程中,不断建构其对立面,在他者的参照下,提炼出属于香港的"集体经验"或"集体无意识",借此构筑起统一的主体和身份。

我们不妨整理出梁秉钧的思路:在肯定中华这一共同的血脉与文化渊源的前提下,迎接即将到来的完整的中国,但是对强势的中原深具戒心。

在对北京的排拒之前,诗人早已排拒了伦敦。"莲叶"系列中,与《边叶》写于同时的《辨叶》中,大约是一个英国同事吧,伸手指向"擎起浑圆珍珠的天鹅绒宝托／仿佛皇者睥睨底下深浅的青青",然后说怀念伦敦的黄昏、红茶、壁炉。"我点头聆听——"

> 去日和今朝的事一时不知如何细说
> 这时风吹叶丛,沙沙的声响仿如学童
> 强诵异国的生字,驳杂的言语说不清楚

高枝晃荡，下面的苍生勉力把它拱起

"皇者"的"睥睨"已然不过是虚骄，因为"高枝"在"晃荡"；但听"学童强诵异国的生字"仍令人郁怒不已。在另一首《勉叶》中，诗人否定"高楼围绕的中心"，亦即象征殖民地教育和文化威势的香港大学中央大楼。洛枫曾经在评王良和的诗时比较梁秉钧说，"所谓拆解真理和权力的中心结构，不但是关乎语言文字的，也是关乎政治的。""梁秉钧解构的，也包含文字带来的文化及政治霸权等问题"（王良和：《树根颂》附录，呼吸诗社，1997年，第171页）。

但新的权力中心即将"带着君临的神色俯身向着我们"。梁秉钧1974年首度回乡，而那次肇庆和广州之游，"令我无法不感到自己是来自外面一个不同的地方，成长在不同的社会制度下"。二十世纪八十年代后半期，他又多次游玩了上海、成都、昆明等地。"在六、七十年代成长的我们并非不关心中国的事，中国的书也看得不能算少了。但在广览细读中景仰的文化中国，与一次又一次回去实际接触到的土地与人事，总会有种种参差。"（《梁秉钧诗选》，香港作家出版社，1995年，第262页）面临"九七"，香港人的迷茫、焦灼以及无助更为强烈。梁秉钧在《博物馆》组诗中对香港身份与主体的追溯、追究，反映的正是这一时期的普遍心理。

然而，诗人就这一论题所进行的思辨未免用意太明，用力太过。顾随《稼轩词说》曰："盖诗一有意，非窄即浅，为意有竟故。"像我们提到的四首诗，《周鼎》、《北宋鱼形壶残件》、《洋葱》、《荷李活道街头》，用顾随的话说，"词意自明，稍一沉吟，便已分晓,自无错会"。所以在我看来,这四首诗恰恰是《博物馆》组诗中最弱的篇什,而且一首比一首弱。此书出版之日,即有评论者敏锐指出:"作者似特意要将自己的意见写得清楚直接,避免误解,却使这些诗的感悟力相对地要比《刺绣》等来得薄弱。"(陈灭:《墨色乌黑至银灰的变化——读〈博物馆〉》,香港《信报》,1996年10月19日)博物馆里怎么可能出现洋葱?可见诗人沉不住气要把话挑明了说。更沉不住气、更挑明了说的,是《博物馆》的《后记》。在这几段文字里,诗人毫不隐瞒地揭示了这本诗集的题旨:

> 《博物馆》组诗包括九首诗,是对中国传统文物的思考,也是从不同角度去探讨:传统的中国文化可以对我们今天有什么意义?

> 我当然不是写作这组诗来为回归民族感情的热情敬礼,但也不一定就是简化的反传统反民族的冷嘲。我想我像其他人一样,置身这历史的吊诡之中,对传统有尊重亦有疏离,对民族文化有感情亦有批判,在前景并未变得清晰以前,也想回顾历史寻找意义。

如果视九首诗为谜面,这段话便是谜底,尽管并未拈出我们所关注的身份问题,但会心处大抵不远。似这般将写作动机与主旨和盘托出,大触一般的为文之忌。

典型的学院派作家的通病,便是太过熟悉流行的文化理论了,意在笔先几乎成了本能,理论于是反过来造成对艺术的伤害。用陆兴华《理论车间》的话来说,凡是理论家能说得清楚的,艺术家应该力避落入其套路,应该着力去表达不可言说之物。但这是一个理论霸权的时代,艺术家往往露怯,总想引理论以自重,让理论为自己的作品背书。他们"很愿意将自己的理论运算裸露出来",可是,就连"理论家都不愿意将他们自己的理论运算过程之源代码展示出来给人看,因为这不讨好、不讨巧"。可是今天的艺术家总是喜欢预谋着来一场与批评理论共谋的文本狂欢。这是一桩事先张扬的谋杀案,谋杀的对象最后是自己。

三

如此说来,《博物馆》已经预设了诠释的路径,我们大可不必驾轻就熟地演算下去了。可是并不。集中另外几首诗,《陶俑》、《汉拓》、《铜镜》、《刺绣》,骨肉丰匀,肌理细腻,意味隽永,而且溢出于整组诗身份认证的预构框架之外,给作者清晰的理路造成困扰,以其"繁缛的细节"、"隐密的私语"和"深藏的情意"。

这几首诗的特点,不同于另外几首侧重叙述与议论,它们以刻画见长,充满细节的繁复精确,以至于我们能够据以一一指认博物馆中的实物。比如《陶俑》,陆续出现了半坡人面鱼纹彩陶盆、西安秦兵马俑的持弩跪射俑、洛阳邙山的唐舞女陶俑,以及唐三彩常见的胡人牵坐骆驼俑。"卑微的奴隶总是离不开枷锁"应是1937年河南安阳小屯出土的商朝戴枷奴隶陶俑,一男一女,枷前枷后。"连唱带敲的说书人引来了哄堂大笑"当指1957年四川成都天回山出土的东汉击鼓说唱陶俑，挟鼓执槌，手舞足蹈。正如作者《后记》所说的，"每一段写一个不同朝代的陶俑，但也是写中国人、写中国文化的变化吧"。于是它成了一部中国经典陶俑的简编。至于细节，连持弩跪射的秦俑脸上那警觉的神色与鬓角棱锐的线条都勾勒了出来。又如《铜镜》，蟠虺纹交相缠绕，菊花绕钮相向，毛民羽人竖蜻蜓表演杂技，云龙翩然飞舞，仙人吹笙引凤，鸳鸯口衔同心结……用文字模塑而出，一丝纹理都不曾走失。更不用说《刺绣》细腻的绣工和针法了：

> 我以为我听见你娓娓
> 说春天瓜果上的雨露，风寒
> 里加衣，兜兜转转，隐约的
> 感情都织进去了，远看不过
> 只是一幕麻姑献寿，香粉院
> 妇人有粗大的指头，不比你
> 纤细的柔荑，风暴中的小鸟
> 革命以后官办的女子绣工科
> 停办了……

你看，不仅如《汉拓》结语所谓"纸与石细语商量的对话"，诗人甚至化身为诗中的人物，与《铜镜》中的公主恋爱，与《刺绣》里的针神调笑。完全不同于《周鼎》、《洋葱》、《北宋鱼形壶残件》诸诗那种位置的疏离和口吻的冷峭，现在是耳鬓厮磨、尔汝恩怨的"暗语"和"私语"：

那些无关的枝节比史书生动

> 临池照进满月,清晖见我照见你
> 满月的脸庞,你在青铜的那边
> 可也正在看我?历史的女儿
> 展示千年的信物,让我看见
> 兴替与得失。蟠虺纹交相缠绕
> 暗语我对你的思念
>
> 　　　　　　　　　　——《铜镜》

> 你可还记得,鱼儿拨剌一声
> 激起浪花,都是老旧的意像
> 任你调弄,你坐在窗前细细
> 绣一个香袋,用深红线套绣
> 腰带上的闲花,未必与历史
> 无关,你想我是闲散无聊的
> 白相人,随身带着京式九件
> 问兜肚上可会绣一出西厢记?
>
> 　　　　　　　　　　——《刺绣》

"你"与"我"难解难分。似这般缱绻绸缪的文字,使得作者的关于香港人身份的梳理、分判与切割变得无意义甚至不可能。因为说到底,"我"与"你"、"我们"与"他们"如何拎得清:

> 我是谁?我是什么?我能不能有一个确定的答案?是否应该更简单地自问:我认为自己是谁?是什么?再多问几个

问题：您说我是谁？他们说我是谁？或者更经常地问：他们说我们是什么？我们说他们是什么？我们说我们自己是什么？其实，对每个人，"我们"都是多重性的，"他们"更是多样化的。因为"我们"完全不具备单一属性。（阿尔弗雷德·格罗塞：《身份认同的困境》，社会科学文献出版社，2010年，第6页）

历史与现实永远比学院派的思想纹理更饱满也更模糊，而真正的艺术家本能的创造往往违背个人自觉的见解。陈灭《墨色乌黑至银灰的变化》一再说《博物馆》"里面有焦虑，也有抗议和欣赏"，"在说理、质疑、抗辩中蕴含了解、差别、容让异见的美好意愿"。在《周鼎》、《洋葱》、《北宋鱼形壶残件》等诗的"讽喻和批评"之外，现在来了《汉拓》、《刺绣》这样的"欣赏与寄望"，而这些恰恰与前一组诗所进行的排拒性工作相违。穿针引线的丝缕，抻纸摩石的图像，浸透了梁秉钧对历史的温情与厚爱。身份问题在此被悬置，因为这历史已经说不清是"你的"、"我的"还是"他们的"。诗人为生动而丰富的情节所迷，暂忘了他本来要做什么事。他放松了警惕，变得无所谓（about nothing）起来了，无分别心，无差异心，因为已进入了介乎中心与边缘之间的广袤地带，超乎制度与权力之外的日常生活——

> 庶民的生活有了个人的形状，厨子思量
> 做什么菜，少年调鸟，女子倦睡
> 连唱带敲的说书人引来了哄堂大笑

双袖随拨弦而飘起,双足点踏乐拍酬歌
人生的飘忽;忽然闯进深目大髯的胡人
行商长途跋涉带来了异乡不同的歌声

——《陶俑》

庶民穿梭里巷集市贷粮
酒糟鼻子厨司拎着大鱼

主人饮酒看谁婆娑举袖
双髻的侍女静候在一旁

杂技和猴戏开锣闹哄哄
将相车乘从身旁疾驶过

征战车马来去仆仆风尘
匆匆带走了谁家的良人

——《汉拓》

关键词是"庶民"。不像中心／边缘、正史／野史、北方／南方、肥腻／素羹、严正／暧昧之类二元对立所导致的简化与窄化,中间地带的日常生活具有逸出于意义之操控的无限丰富性。张大春《小说稗类》有一则《不厌精细捶残帖》,激赏作者"于旁人、众人乃至所有人以为无意义、无价值的生活细节上不厌精细地加以描述。它可以无结局,无解决,甚至不易见起伏跌宕,恍如一则庶民的起居注"。

由此看来,《博物馆》可分为两类诗:一类是受限于简化又窄化而根本上是固化的诠释框架,成为作者意图的形象化表述;一类是作者隐身或投身到那些蕴藉的、繁复的、无从赋予其显在意义的生活场景与细节中,让读者自去体悟那"深藏的情意"。《博物馆》因前一类诗而具有地域与时代的价值,却因后一类诗而获得恒久的艺术魅力。

四

也许,香港的殖民与后殖民的社会性质、现代与后现代的文化特征,充满了文本分析的兴奋点;其古今错置、中西杂糅的文化身份更是一个极富诱惑性的命题,作者具有某种内在驱动力要加以深究。毕竟连一只青蚝,梁秉钧都曾经敏感于其文化身份:"中国的青蚝离了队／千里迢迢之外,还是不自觉地流露了／浸染它成长的湖泊。青蚝有它的历史／并没有纯粹抽象的青蚝"(《青蚝与文化身份》)。他一直不能释怀于诸般纠结,尽管到最后他的看法变得通脱得多:"我看文化身份也是这样,不完全本来就有一个很固定的文化身份,也不等于说直接等同于从外面来的移植的东西。"(《也斯谈香港文学往事》,上海《东方早报》,2010年9月5日)

梁秉钧四十年的诗作自成一体,在艺术理念与表现形式上几乎因应了二十世纪七十年代以来西方思潮影响下的有关文学和艺术的一系列焦点问题。以远较别的中文诗人清醒的理论自觉和写作策略，他在情感与思想、视像与音乐、时间艺术与空间秩序等多重关系上做多重探索，同时涉及香港的历史记忆、城市形象与文化身份等复杂问题，这些使得他的写作丰富而新颖。然而，只在罕有的时刻，他才能做到感性与智性兼洽。更多的时候，他的诗总给人意在笔先、理胜于情之感，似乎在写作之初作者就事先导向了做何种解读的种种可能性。即使在《刺绣》这样浑成而美丽的幛幅中，作者也还是急于挑明针脚，再三牵扯到"历史"："在这一个下午老说不完的话／未必跟历史直接呼应"，"用深红线套绣／腰带上的闲花，未必与历史／无关"，"谁能编出历史的荒诞与庄重"，"那些无关的枝节比史书生动"。真令人深为遗憾。难道是忘了古典诗人的遗训，"鸳鸯绣了从教看，莫把金针度与人"？难道若非如此，读者便不能够将这首诗读成一篇极为感性的从八国联军到改革开放的中国近现代史？梁秉钧的最后一本小说集《后殖民食物与爱情》（牛津大学出版社，2009年），作者仍不由自主地让流行的文化理论领跑，或至少在道旁给他不时递矿泉水喝："爱时髦以东方主义的凝视，惊讶地发现当今茶餐厅里其实并没有痰盂。"（《爱美丽在屯门》）"不料宝钗就像民族主义者重写后殖民历史，坚决一笔抹杀：'没这回事'！"（《温哥华的私房菜》）。如果说茅盾《子夜》写一个乡下女子看见动物园里的狗熊"像一个哲学家在沉思"叫作角色错置，梁秉钧的习惯做法难道就可以用元写作的后设叙事替他圆场？无论如何，在我看来，知识和理论始终是他挥之不去的心魔。

2010年11月30日

《博物馆》四题 | 梁秉钧

陶 俑

剥落的陶盆上半人半鱼的身体
摆动尾巴,在泥涂中匍匐前行
从椭圆的瓶子探首露出模糊的脸孔

神巫的蛊惑下野兽的咆哮
卑微的奴隶总是离不开枷锁
墓穴的胎盘里未长出自己的身躯

干寒的高原上精悍的武士戍守终夜
警觉地环顾四方,持弩扣机跪射
鬓角发痕处处是棱锐的线条

南方的微风逐渐舒开了绷紧的脸
时日过去了拉长了身体变出柔和的线条
缓和了拘谨,刻板的轮廓逐渐有了雍容

庶民的生活有了个人的形状,厨子思量
做什么菜,少年调鸟,女子倦睡
连唱带敲的说书人引来了哄堂大笑

双袖随拨弦而飘起，双足点踏乐拍酬歌
人生的飘忽；忽然闯进深目大鬓的胡人
行商长途跋涉带来了异乡不同的歌声

游牧的大氅混进日常服色，言语混杂了
不伦不类的今天，冲击了靡丽烂熟的礼节
模糊的面目可融合一切变出新身？

可以再迎来庄严的形象，赋予本土的慈悲？
或从我们身边万千陶土中寻到一张脸孔，长年
融会悲欣，釉烧累生智慧，化成血色鲜艳的丽人？

汉　拓

　　摹揭师傅从同样的石上
　　拓出无尽的不同的拓片

　　空白上漫漶不清的线条
　　逐渐浮现出模糊的人形

　　力士盘马弯弓老者垂钓
　　耕牛犁地农夫弯腰割禾

庶民穿梭里巷集市贷粮
酒糟鼻子厨司拎着大鱼

主人饮酒看谁婆娑举袖
双髻的侍女静候在一旁

杂技和猴戏开锣闹哄哄
将相车乘从身旁疾驶过

征战车马来去仆仆风尘
匆匆带走了谁家的良人

丝路商旅迈向遥遥远方
云上或有人身蛇尾的神

仰观天空拓出烂漫星图
术士埋首提炼新的晶莹

白纸摹揭浮雕众人眸子
凝神看逐渐形成的黑白

纸与石细语商量的对话
墨色乌黑至银灰的变化

铜　镜

临池照进满月，清晖见我照见你
满月的脸庞，你在青铜的那边
可也正在看我？历史的女儿
展示千年的信物，让我看见
兴替与得失。蟠虺纹交相缠绕
暗语我对你的思念，含苞欲放的
菊花绕钮相向，是我炼冶丹阳的善铜
和以清明的银锡，在这兵变的血腥中
铸成这片方圆，隔着烽烟的城池我知道
在你父王心中我只是个可疑的读书人
散播妖言述说一个不存在的世界
毛民羽人竖蜻蜓表演杂技
云龙翩然飞舞，仙人吹笙引凤
鸳鸯口衔同心结，宓妃向往人间
是的，我透过这些繁缛的细节
呼唤你，我仿佛在菱葵之间听见你
低声告诉我宵来的噩梦：母后
迫你吞噬无声蠕动的新生的生命
重重谄媚的丽辞陷你于深宫
你天生丽质颦眉辗转于饱餍的沉梦
光流粉黛引领我变成仗义的剑客

攀上层层阶级，从禁藏的塔楼中
拯救你，把你带回今日有情的人世
我每以玄锡磨镜，欲去尽怀疑的渣滓
相信只有你易感的面容中深藏的情意令我成形
终有一日你会对着朝阳举起它
承受日照，背上的笔画纤毫不灭，
重现在墙上，向你说出隐密的私语

刺　绣

一幅一幅五采的戏幰和衣袍
之间，不知我可能认出你的
绣工和针法？一条绵长的线
一口针，像一尾鱼，穿过来
插过去，织一个早晨的心绪
童子红衣上有蝠云双喜花纹
仿佛有明暗之感，牵起种种
等待的起落，那是甚么时候？
八国联军入京之后，外国兵
闲荡在京城，翻弄着美丽的
苏绣，我以为我听见你娓娓
说春天瓜果上的雨露，风寒
里加衣，兜兜转转，隐约的
感情都织进去了，远看不过

只是一幕麻姑献寿，香粉院
妇人有粗大的指头，不比你
纤细的柔荑，风暴中的小鸟
革命以后官办的女子绣工科
停办了，纷纷流入大绸缎庄
和沿街的店铺，翻新旧画面
缤纷线头流徙尺幅悲欢离合
绣花街的店铺后来纷纷关门
你暗哑的一缕游丝到处飘泊
花朵压在一起，太平洋战争
爆发，一碗饭搁在窗旁冷了
运往外面的衣装也压了下来
在这一个下午老说不完的话
未必跟历史直接呼应，烟雾
迷蒙的对岸是敌兵还是情人
手中的一碗热汤，人在河边
你可还记得，鱼儿拨剌一声
激起浪花，都是老旧的意像
任你调弄，你坐在窗前细细
绣一个香袋，用深红线套绣
腰带上的闲花，未必与历史
无关，你想我是闲散无聊的
白相人，随身带着京式九件
问兜肚上可会绣一出西厢记？

一个新时代是一幅新的花款
谁能编出历史的荒诞与庄重
琐细的刚柔，充满了矛盾的
构图，你停下来挑一种花纹
只嫌这太简单，另一种又太
复杂，众手争夺撕裂了图帛
铜锣急急敲破饭桌上的安静
麻雀乱飞，不知怎的纺织机
后来全毁了，金紫的女红撕
成片片，在火焰中化为灰烬
那些年月你可记得？我记得
绣花边，彩线多方钻营密密
层层颜色，带出一片新风景
连起市场里许多闹哄哄人声
那些无关的枝节比史书生动
麦当奴和欧美的时装进来了
你又翻出旧衣裤上的子牙边
针总没有停，连着长长的线
拆了又织的人间长卷，进去
出来，带着细碎的千丝万缕

（1996年）

在最低的地方与你相遇
——读宋炜的《还乡记》

宋炜生长于川南靠近黔北的沐川县。他与哥哥宋渠二十世纪八十年代合作写诗。有一段时间他在沐川县文化馆做文化干事。九十年代下海做书商,到成都和北京过了一段酒肉穿肠的荒唐日子。进入二十一世纪又沉静下来,回到了诗。这个经历已经先在地构成了《还乡记》一诗的传记学背景了。

还乡,就是回家。T. S. 艾略特在《四首四重奏》里说:"家是人们出发的地方。"那么,既然出发了,走了很远很远的路了,为什么又要回家?钱锺书《说"回家"》一文中说得好:"回是历程,家是对象。历程是回复以求安息;对象是在一个不陌生的,识旧的,原有的地方从容安息。"我曾经将陶渊明《归去来兮辞》(405 年)与屠格涅夫《贵族之家》(1858 年)第十八至二十章写拉夫烈茨基回家的文字放到一块儿对照,只见两个相距一千四百多年的诗人,还乡的心路历程吻合程度极高,简直是互文,彼此能互注。可见,在人类还乡或回家的路上,真正是心理攸同。

宋炜要还的乡,是川南黔北一带的乡村。对于二十一世纪的中国人来说,还有乡村和田园让我们回得去么?回去了会怎么样?

"在那桃花盛开的地方，有我可爱的故乡，"天真者这样唱。"每个人的家乡都在沦陷，"忧愤者如是说。这种爱恨交织的复杂感受，还乡途中的屠格涅夫已经体会甚深：

> 这空气清新、土壤肥沃的草原荒地和偏僻荒凉的地方，这绿色的原野，这些长长的丘陵，长满矮小柞树丛的沟壑，这些单调乏味的小村庄，稀稀落落的白桦——所有这一切，他已经有很久没看到的俄罗斯景色，在他心中引起一种既甜蜜、同时又几乎是悲哀的感觉，仿佛有某种让人觉得愉快的压力压在他的胸膛上，使他感到忧郁。

鲁迅的《故乡》中也已经深深失望过一回：

> 啊！这不是我二十年来时时记得的故乡？
> 我所记得的故乡全不如此。我的故乡好得多了。但要我记起他的美丽，说出他的佳处来，却又没有影像，没有言辞了。仿佛也就如此。于是我自己解释说：故乡本也如此，——虽然没有进步，也未必有如我所感的悲凉，这只是我自己心情的改变罢了，因为我这次回乡，本没有什么好心绪。

《还乡记》里的情感，比这些还要复杂纠结得多。

一

诗一开头就拈出一个悖论：

在最低的地方与你相遇

> 其实我从来不曾离开，我一直都是乡下人，乡村啊
> 你已用不着拿你的贫穷和美丽来诱拐我。

与无数对乡村无保留的赞美相比，宋炜打量乡村的眼光已经历练为一番世故。乡村，通篇都被用拟人化的"你"字所取代，这是诗人与乡村的老友般的对话，不瞒你说，也瞒不了你，你我彼此知根知底。因此一开头，诗人就挑明了说：你的美丽不可能诱拐我成为一个纯情的田园诗人，你的贫穷也不可能把我诱拐得愤怒而反抗。宋炜眼中的乡村，有令人震惊的贫穷和让人绝望的美丽，长在丰收和歉收之间摆荡。

"我想也许你丰收的时候更好看"。这里隐含了对乡村的祈愿。多少人只关心乡村的美丽，却不大理会是不是丰年。他们单知道乡村是好看的，他们也只需要乡村的好看。"其实我有的也不多"，言外之意是"其实你有的也不多"。这两句绝不经意的说话，潜台词都很丰富。

"数一数吧，就这些 / 短斤少两的散碎银子"。用银子这样的通货是一个时代错误，但诗人是故意错的，为了应和"千百年后，我依然一边赶路一边喝酒"的时间主题。千百年前如此，千百年后亦然。但是用"短斤少两"来修饰散碎银子总有点不妥，因为一旦论"斤"就不能说"散碎"了。应该换个形容词，该叫"成色不足"吧。当然，诗人不在乎这个词成色足不足，因为他马上要写到他得意的句子了：

     可我想用它们
  向你买刚下山的苦笋，如果竹林同意；
  我要你卖满坡的菌子给我，如果稀稀落落的太阳雨同意；
  让我的娃儿去野店里打二两小酒吧，如果粮食同意；
  我老了，我还想要小粉子的身体，如果她们的心同意；
  （其实我也想说：我要小粉子的心，如果她们的身体同意）。

  一种娓娓的语调，有商有量，分外动人。重复中有变化，变化中有重复，呈现出现代汉语最柔韧的节奏和旋律。一连五个"如果……同意"，真叫是天遂人愿啊。二两小酒，苦笋，菌子，诗人掰着指头在数。加上后文"这么多的敲猪儿，这么多的甩菜，这么多的脆臊面"，就是乡村暴露在我们眼前的全部"底细"。特别是后面两行，小粉子的身体与小粉子的心，颠之倒之，我们哪里见到过，爱的情和欲被表达得这样文雅，这样不害臊？

  "如今这些急切的愿望把我弄得不成人形"。我是被情欲烤伤了的人，荒于酒，荒于色，在城市里浪荡，然后回到故乡。既然还乡意味着疗伤和恢复元气，就是回复以求安息，那何不索性憩息在大地的怀抱里。"我何不索性就再往下一点，直接变成泥，如果／是泥地就能长出我想要的东西"。我想要成为我想要的我。而且，人是泥土，必将归于泥土。安息在某种语境里即意味着长眠的死。而想要成为我想要的我，意味着转生，在最后抟泥的匠人预制的模子里转生成一个新人。

  如今的我，是被急切的愿望弄得不成人形。那么换句话说，乡村，你，是不是也因为某些急切的愿望，把你也弄得不成你原来的形貌？难道不是嘛？船在疾行，鱼在追赶，伐木造纸的事业在进行中，罐头也已经越做越多？你本不屑于这样吧？你不会迁就自己吧？"我早已活得如此疲赖和塌实，连抬头的动作都省去了"，还有必要自己迁就自己，朝更高的方向抬升那么一下么？你，伟大的乡村，也省省心好了，不要想发什么财吧。

"我知道这么说的时候，有很多植物／都认为我的脾气变坏了，因为它们的绿叶子／变黄并且飘零。"世上有一种神秘的感应，据说在油菜花地里你不能说榨油的事，否则油菜花就一定会结瘪籽儿。在竹林里也不能说做竹席的事，要不竹子也不肯长。在乡村不要说与丰收相反的事情，否则绿叶子立马就蔫了。乡村是充满了这样一种原始的敬畏的。

但是，乡村，你，我知根知底的老友，"我估计你对此也有相近的看法"，你凝滞的河水，你静止的风筝，都说明你我精神上的同构。我们都是退步论者，只希望世界依旧是原来的样子。时间在疾行，在追赶，但世界依然如故。在宋炜的一首《桂花园纪事》里也有这个意思，他提到小粉子被中止了的、再不能长大的年龄。"塞弗尔特说：'世界美如斯'，世界美就美在／它的停顿。"诗人想说的是，尽管今天的乡村正面临数千年未有之变局，但是无论我们看到怎样的变化，最终一切都将是回复如初："千百年后，我依然一边赶路一边喝酒"。

　　你的头上，一只风筝静止，天空不知飞去了哪里……

天空在整首诗里出现过很多次，它不断地出现让我们满腹狐疑。一个意象重复出现，它可能是象征。当然，如果一个意象只出现一次，而力度够大，也可以是象征。而这个天空处心积虑在诗中不断出现，我们就不由不多想一想。姑且认定这里的天空代表理想吧，而这个理想坍塌了，"天空不知飞去了哪里"，第二节也提到，连天都没有了，"更高"也就再也没有了。到了第三节，"没有天空。／因为天空已蜷成一团"。理想不在了，我们索性更往下一点。

这是一首世故的诗，历练的诗："我早已活得如此疲赖和塌实，连抬头的动作都省去了。"抬头即所谓仰望星空吧？然而天空都没了，还抬头干什么？"此间和此际，除了我自己，就是你浑身上下的泥"，过去新批评论者讲求一首诗得精心设置一些相反的倾向，一些异质的冲动。这一分析法对复杂的诗来说永远有效。这首《还乡记》，天空与泥，一个向上，一个向下，更高和更低，始终形成一种贯穿的张力。但是，它们表现得比一般的诗更隐蔽，更纠结，因为世故和历练使诗人已经弃绝了一般意义上的崇高。

二

第二节一开头呼应第一节："我已经说过了，乡村，我们从此用不着／拿一场灾难来相互吸引"。什么意思呢？诗人不会落魄到让乡村用温暖的胸怀来予以接纳，乡村也不必贫穷衰败到让诗人看到而为之垂泪。双方只以一种平和的姿态，素心素面相对，因为"富裕即是多余"。"上帝也没有用第二次在水上散步来吓唬我"，出自《马太福音》第十四章："船在海中，因风不顺，被浪摇撼。夜里四更天,耶稣在海面上走,往门徒那里去。门徒看到他在海面上走,就惊慌了,说:'是个鬼怪。'便害怕,喊叫起来。"类似的说法第三节也有:"因为连盘古／也没有用再造天地这类的地震或泥石流来吓唬过你。"诗人和乡村不需要这些夸张。那需要什么呢?只需要——

  和你一起,坐在田埂上,与鱼腥草的浓香一道
  让周围的空气过敏,难道不是要胜过伐木造纸?

整首《还乡记》对工业化给乡村造成损害的批判只用了两个意象点到即止,一个伐木造纸,一个做罐头。"既然／路已经越来越好走,罐头已经越做越多,我们俩／想要变孬都已经很难",有点反讽,但绝不会那么痛心疾首,因为如果用千百年的时间量度,这些都是些癣疥之疾而已。

"发呆可以成为我们下半生的事业"。真正的姿态是没有姿态,非常平实,甚至疲赖,塌实:

    我喝酒,我始终要喝酒,
  山色映入眼帘的时候,酒正好过了我的头。
  酒在我的头顶,满眼的山色仰望着我头顶的小酒,
  什么也看不清楚,但你知道这已经够明白的了。

我们可以发觉这里有多少戏拟:什么"相看两不厌,唯有敬亭山"啊,什么"我见青山多妩媚,料青山见我应如是"啊。现

在却只是"满眼的山色仰望着我头顶的小酒"。

> 还有什么来打扰我们的兴头，还有什么能高过我们的兴头？
> 既然连天都没有了，"更高"也就再也没有了。
> 只是在以前，雨曾经一直下进我的身体里，把血液弄稀，让我在比"曾经"更早的一些年里显得清白而浅。

这里用"更高"、"曾经"两个抽象词来做名词主语，很贴切，也很自然。与清白而浅相对的，是重浊而深。从诗人的人生历程来看，也是成熟的上岸。是泥土让他复活了。《还乡记》写乡村的再造之恩于焉凸现：

> 我白活了多少年？
> 如今所有的泥掩埋了我的脚跟，我再次重了起来，
> 或者说，我终于活转了过来，用我的泥腿子
> 在田埂间跋涉，甚至跌了一个筋斗：一下子看见了你。
> 乡村啊，我总是在最低的地方与你相遇，并且
> 无计相回避——因为你不只在最低处，还在最角落里。

宋炜的诗，一个意念，一个主题，经常反复书写。《土主纪事》一诗就有与此相关的互文："田地间到处都藏满了惊奇。随便跌一跤／我顺口啃到嘴里的泥都这么干净、好吃。"还有《小泉纪事》："一个失足，就踏进了他的地盘，／进了他的模子，全都变成

了泥。"其实对乡村的赞美也无过于这样的句子了。而关于"低"与"高",他也有一段非常好的说法在《上坟》一诗里:

> 这正如我的写作,
> 来源于生活,并且低于生活。我知道你死后的生活
> 也与此相同:不可能等于、更不可能高于生活。

这样的写作信条,当然拒绝各种各样的渲染和夸张。对于一些把我们的写作从卑微上升到伟大而崇高的理论,都要有所警惕,因为可能虚浮不实。整个《还乡记》就是低、更低。这就是诗人的哲学,疲赖而塌实。诗往往是刹那的感觉,是生命突然的醒来,但我们不要被所谓的诗意蒙蔽。不要把诗意挂在嘴上,一挂在嘴上就成为谈资,成为口实。所以存在主义哲学的"诗意的栖居"已经被弄坏了。"泥土"最卑微也最重要,我们不能拿它作为清谈的对象。英国玄学派诗人约翰·邓恩(John Donne)有一段话,简直可以作为《还乡记》的题词:

> 人不过是泥土;是的;但泥土却是中心。那些居于斯土、谙于斯土的人,是安息在他真正的中心。(Man is but earth; it's true; but earth is the centre. That man who dwells upon himself, who is always conversant in himself, rests in his true center.)

所以,乡村是在最低处、最角落里,因为我和你乃是一体。

三

于是转入最后一节：

> 你都看到了，我的算术比结绳者的还要简陋：
> 几匹山，几条河，几条路，几个人，没有天空。

"结绳"云云，是回到"人之初"、回到"天地之始"的意思。第三节忽然出现大量稚拙的意象，"排排坐，吃果果"，"小学生的格式"，等等，都是抟泥制模再造新人的一以贯穿。

> 因为天空已蜷成一团，要等到某一天有了一本好书时
> 才被几个看书的人在一些分散的页面上展开。
> 第一遭，我们四个，排排坐，吃果果，来翻开这本书。

天空将展开在一本好书分散的页面上，自然是一种重拾的理想、重建的信仰的隐喻。所以我们说诗中的天空是一个象征，绝不等于自然的天空。"黑暗之中，你像一个领座员用手电让我们对号入座"，"黑暗"也是一个时代的概括，而你，乡村，重新认领了我们，指引我们到达指定的位置。

> 啊，这么多的鸡埘，这么多的鸡不吭一声，一齐忍住了禽流感；

> 这么多的敞猪儿，这么多的甩菜，这么多的脆臊面！

不能用"鸡窝"，得用"鸡埘"，从《诗经》里的"鸡栖于埘，日之夕矣，牛羊下来"里出来的，才是亘古如斯的乡村。

"敞猪儿"就是"游猪"，是王小波写的一头特立独行的猪。陈福桐《梧山文稿》里有一则趣事，说是抗战时期，黄侃的弟子朱穆伯在西迁到遵义的浙江大学做图书馆馆长，有位下江来的教授见到永兴镇上农家放敞猪儿，嗤笑这是原始社会人畜同居的落后方式。朱穆伯便说：乾隆皇帝下江南有御制诗云"夕阳芳草见游猪"，这"游猪"我们贵州叫作"放敞猪儿"，只是这头猪不晓得怎么会游到贵州乡下来了。引得大家一阵哄笑。乾隆这句御制诗相当有名，胡适有一回说古来猪不入诗，梁启超就说出来这句诗，使胡适大窘。

"甩菜"是以沐川"羊角菜"为主要原料，采用民间特有的工艺腌制而成的，鲜，香，脆，嫩，风味独特。

"脆臊面"的脆臊类似油渣，是用五花肉，将肉末入锅炒散，再加点料酒和红糖，小火慢炒到焦而不糊，黄而且香，吃起来又酥又脆。

> 这么多的敞猪儿，这么多的甩菜，这么多的脆臊面！

都是农村的吃食，毫不起眼，却是乡村的小丰收。诗人很喜欢罗列家乡的物事，如《土主纪事》，写集市上兜售的清明草，鱼腥草，地丁叶，酸浆草；写细鳞纤肌的白鲢，猪口中抢来的苕尖，以及可以打成草鞋的牛皮菜……"就是一些最卑微的东西。"爱罗列家乡物事的,头一个要数汪曾祺。他的小说一开头就喜欢介绍一家家的小店铺:这家卖烧饼的,那家卖香油的,再往南点是卖丝线绒花的。又喜欢列数菜蔬果品,什么菱藕,芡实,茭白,佛手。那有滋有味的口气,用汪曾祺《我的家乡》里引老师沈从文常爱说的话说:"这一切真是一个圣境。"用宋炜《土主纪事》一诗里的话说:"这是连神仙也看不尽的人间。"宋炜的意象与口吻,像极了汪曾祺。

> 过了凉桥,从一个制香的作坊往北,一百多级石阶上终于看见了光……

与前面的黑暗相对应,因为前面没有光,所以乡村像一个领座员用手电让我们对号入座。"我们看见的新天空是一张太大的亮瓦"。"亮瓦"在《土主纪事》里也曾提到。但这是雨水在上面流淌,四垂着的不是云彩而是细而红的沙线虫的"新天空",是天空的变了质的替代物。情景十分可怕。可以说,写于《还乡记》之前的《土主纪事》和《桂花园纪事》是非常美丽的田园诗话,但在《还乡记》中情况复杂,局面变得不可收拾起来,没有那样相对单纯的一往情深,讲乡村对我的接纳,是既引领我上升,也引导我下沉,而下沉也就是上升。他把这种引领刻意地非神圣化,成为普通的领座员用手电让我们对号入座,而我们是向你借光的人。

我们是向你借光的人。当蜷成一团的天空现在整张地铺开在我们面前，我们就着光在上面写一些闪烁其辞的字。"小学生的格式"，一通篇都用"如果……"、"因为……"来造句。"小学生的格式"又是一种自我指涉，第一节一连五个"如果……同意"，而"因为"的句式整首诗也出现过至少五次。

接着，"啊，我想要 / 得到一个什么样的结果？答案在你那儿，还是在风中飘？"这儿用了鲍勃·迪伦唱的有名的歌《答案在风中飘》。一个诗人真要有十八般武艺，从《诗经》到摇滚，都用得着，用得恰到好处。

  我从没写过任何一本乡村之书，只有怀乡的人
  才会写。我有时更像一个抟泥的匠人，妄想过
  在开天辟地之前就预制一个模子，也许就是你贫穷又
  丰收时的样子。但这也从没发生过，因为连盘古
  也没有用再造天地这类的地震或泥石流来吓唬过你。

只有怀乡的人才会写一本乡村之书。这话意思很丰富，但表面上不过回应和再证实整首诗开头的"我从来不曾离开，我一直都是乡下人"。怀乡的人以置身事外的角度打量，赞美或批判。"我有时更像一个抟泥的匠人，妄想过 / 在开天辟地之前就预制一个模子，也许就是你贫穷又 / 丰收时的样子。""抟泥的匠人"更早出现于《小泉纪事》：

  他看着这些，抟着手上的泥巴，
  感觉自己像造物主，而他老婆

> 至少像女娲。好在我们早已经
> 成了形,面目齐楚,五内俱全,

在这个越变越孬的地方,在这个越变越糟的世道,许多东西都坏下去了,我们对人性会怀疑了,就像康德讲的,人性是一根弯曲的木头。如果抟泥的匠人在天地之始,在人之初,就预制一个模子,使直的永远不会弯曲,新的永远不会堕落,不是很好吗?让我们回到泥土,从泥土再出发?"但这也从没发生过,因为连盘古 / 也没有用再造天地这类的地震或泥石流来吓唬过你",回应第二节说的,"上帝也没有用第二次在水上散步来吓唬我"。这首《还乡记》的历练与世故就在于,诗人没有把解决不了的问题丢给神去解决,就像古希腊戏剧里用机关请出神(God from the machine)来解围一样。问题无从解决,诗也没有让任何事情发生:

> 现在就算我们一道
> 往更早的好时光走,过了天涯都不定居,
> 此成了彼,彼成了此,我们还是一生都走不回去。

这里有一个时光的问题。前面写过,人事在疾行追赶,时间仍凝滞不前。问题是,时光的千百年之恒久是从整体来讲的,局部的已经不一样了,因为你我都有比"曾经"更早的好时光,像天涯永远在前方退缩,我们永远走不回去。我们要还的乡,要回的家,已经是永远失去的乐园。同样关于故乡,鲁迅《朝花夕拾》小引里有一段话可以与此诗相互发明:

> 我有一时,曾经屡次忆起儿时在故乡所吃的蔬果:菱角、罗汉豆、茭白、香瓜。凡这些,都是极其鲜美可口的;都曾是使我思乡的蛊惑。后来,我在久别之后尝到了,也不过如此;惟独在记忆上,还有旧来的意味存留。他们也许要哄骗我一生,使我时时反顾。

"时时反顾"是记忆中的还乡。乡愁永远只是一种实现不了的冲动。现实中回得了的家乡,还是宋炜《上坟》一诗末句所谓"这没有根部的、热气球一般漂流的兜率天"。兜率天是欲界的第四天,"此第四天欲轻逸少,非沉非浮,莫荡于尘,故名知足"。到此离成佛也快了,然而无根,仍旧是一个在风中飘的答案。

整首诗的结尾令人咋舌,是太史公说的,"其文不雅驯,荐绅先生难言之":

> 看呀,千百年后,我依然一边赶路一边喝酒,
> 坐在你的鸡公车上,首如飞蓬,鸡巴高高地翘起!

真是狠,大有孤注一掷的意思。《诗经》里典雅的语辞,与粗口并置,形成强烈的反差。作者的意图令人困惑。也许不过是要表明,早已活得如此疲赖和踏实的我,何不索性就再往下一点?于是干脆就下到下半身。另一方面,全诗总是在用千百年的时间来量度亘古如斯的乡村。千百年前,一如千百年后;我非我,但依然故我。这是对乡土终极的爱与信。至于为什么要这样出语惊人?我想拿英国诗人拉金(Philip Larkin)的话来打个圆场。拉金

在给斯帕罗的信里说，自己在诗中爆四字粗口，有时是因为找不到别的词，有时是为了滑一大稽，而有时仅仅只是吓人一跳，因为我们生活在一个奇怪的时代，可以拿话吓吓人，但也只是吓人而已，它不能经久。（Andrew Motion：*A Writer's Life*：*Philip Larkin*，London：Faber & Faber，1993，p. 444）

四

这首《还乡记》的抒情姿态和声音之成熟，在当代中国诗里是少见的。

很多人非常喜欢宋炜二十世纪八十年代写的组诗《家语》，因为里面写到一个现代化进程中即将湮灭的人生哲学和生活方式，但那时候他的声音还带有未曾矫正过的矫情。他一再地说自己：

于是不出一言，独处厅堂：
静待他们久居生厌，
无心与我同列本族清贫的门墙。

——《无为》

我无心细听，但觉万境通明，
世事从容无虑。

——《风城的居事》

我顿时醒转，头脑清明，

复又回到厅堂，点校家谱，
从此惜命如金，关心粮食，
精心安排一日三餐。

——《内心生活》

这组《家语》里，诗人要给出安逸平实的人生哲学，而且总是要点醒题旨。到了《还乡记》，他不点了，不提供答案了。在《家语》里宋炜有很多"高贵的厌倦"，而《还乡记》里他是低到最低。《家语》里的抒情主人公总是清醒明白，《还乡记》呢？酒正好过了他的头。

《家语》组诗大约属于所谓新古典主义的诗歌吧。我一直认为，这类新古典的解决方式是非常糟糕的，那就是把一切淡化掉，留点禅意，留点道心，因为道家和佛家早已经教会了我们这样一个秘诀。但如今这首《还乡记》只纠结，不解决，所以我说它是以一个不加渲染、不加夸张、弭除了自我戏剧化、并非刻意放低而是本来就低的一种姿态。

回到我们开头所说的乡村书写的两种基本模式上来。新文学伊始，乡土文学不外乎两种写法，一种是鲁迅式的批判，一种是废名式的赞美。迄今为止，很少有乡土写作越得出这两种框架。关键就在于"隔"。我们不妨对下面两段话做象征性解读：

河里驶过文人的酒船，文豪见了，大发诗兴，说，"无思无虑，这真是田家乐呵！"（鲁迅：《风波》）

时候既然是深冬，渐近故乡时，天气又阴晦了，冷风吹进船舱中,呜呜的响,从蓬隙向外一望,苍黄的天底下,远近横着几个萧索的荒村,没有一些活气。我的心禁不住悲凉起来了。(鲁迅:《故乡》)

船上对于岸上总是有距离。乡村在此被对象化了,不管作为批判的对象,还是审美的对象。今天的作家仍然不脱这种对象化视角。也举一个小小的例子。宋炜说"我从没写过任何一本乡村之书,只有怀乡的人才会写"。前几年,怀乡的韩少功就写了一本《山南水北》的乡村之书。里面有一篇写到老公路。韩少功说,奔驰在全封闭的、直平如泻的高速公路上,生活在目眩的车窗里,并不总是很美妙。所以没有什么急事的时候,他宁愿走老公路,弯曲,颠簸,但是——

开车人想慢就慢,想停就停,想逛店就逛店,想撒尿就撒尿,看见一片好林子,还可倒在树阴里睡上片刻——高速路所抹去的另一个世界在这里重新展开,一种进入假日的感觉油然而生。

"进入假日的感觉"?对不起,这还是一个船上文豪、城里知青、车中小资的眼光,是偶尔到乡村一游的观光客的眼光。这种"这真是田家乐呵!"的眼光,如此隐蔽深固,令人防不胜防。比如陈村的小说《蓝旗》是这样的一个结尾:

我没想到,当我能抬起头来看你时,这块曾经被我千百次诅咒的土地，竟是这样美丽。

宋炜已经告诫了我们："乡村啊／你已用不着拿你的贫穷和美丽来诱拐我"，但是陈村就是要说：请诱拐我吧，用你的美丽！还有张炜，他的乡村书写已经僵固为一种大而化之的二元对立：

> 我站在大地中央，发现它正在生长躯体，它负载了江河和城市，让各色人种和动植物在腹背生息。令人无限感激的是，它把正中的一块留给了我的故地。我身背行囊，朝行夜宿，有时翻山越岭，有时顺河而行；走不尽的一方土，寸土寸金。有个异国师长说它像邮票一般大。我走近了你、挨上了你吗？一种模模糊糊的幸运飘过心头。（张炜：《融入野地》）

城市就是罪恶，乡村就是善良和尊严，这种对乡村的赞美很容易陷入一种民粹主义，就像赫尔岑严肃批评过的俄国知识分子对乡村不加选择的膜拜。其实乡村有美好和善良的一面，也有其重大局限。宋炜是深知这种局限的，他所理解的乡村是一种既单纯又复杂的 simplexity，他笔下的文本也是个 simplexity。这个生造词，前年被全球媒体评为十大热词之一，正好拿来做我们写作人的理想。王国维《人间词话》说："客观之诗人不可不多阅世。阅世愈深则材料愈丰富，愈变化，《水浒传》、《红楼梦》之作者是也。主观之诗人不必多阅世。阅世愈浅则性情愈真，李后主是也。"但现代生活如此繁复，现代诗还是要抒情，但再也不能用抒情的方式抒情了，得向小说戏剧电影靠拢。所以，现代诗人既要性情真，又要阅世深，他必须既 simple 又 complex，既单纯又世故，这会儿幼稚地"排排坐，吃果果"，用"小学生的格式"造句，那会儿又老成地感慨"我早已活得如此疲赖和塌实……"。伟大的国家不打小规模的战争，伟大的诗也不会是小资的诗。在我看来，在中国当代文学的语境里，这首《还乡记》是一首伟大的诗。

对于这样的诗人，富裕即是多余，夸饰与矫情即是多余。乡村就在那儿。诗人对乡村没有给一个惊叹号，但我们知道这里有深沉的爱，不事张扬的爱。乡村给予了一切，但是它是低的。所以诗人重复讲一些时间的问题、高与低的问题，其实是在讲一种活法的问题。诗人经历过曾经的天空的坍塌，曾经的乐园的失去，所以是活过一回的。我白活了很多年，但我现在活转过来，因为我跟你又见面了。我跌了一跤，然后碰见了你。这首诗如果也属于乡土写作的话，它使我们耳目一新。而且整个语调平和，舒展，徐徐谈开，娓娓道来。正如诗人另一首《雨中曲》所说的，"我的诗因此而不复喧闹，少有这么安静"。

2012 年 10 月 3 日

还乡记 | 宋 炜

其 一

其实我从来不曾离开,我一直都是乡下人,乡村啊
你已用不着拿你的贫穷和美丽来诱拐我。
我想也许你丰收的时候更好看。
其实我有的也不多,数一数吧,就这些
短斤少两的散碎银子,可我想用它们
向你买刚下山的苦笋,如果竹林同意;
我要你卖满坡的菌子给我,如果稀稀落落的太阳雨同意;
让我的娃儿去野店里打二两小酒吧,如果粮食同意;
我老了,我还想要小粉子的身体,如果她们的心同意;
(其实我也想说:我要小粉子的心,如果她们的身体同意)。
如今这些急切的愿望把我弄得不成人形,
我何不索性就再往下一点,直接变成泥,如果
是泥地就能长出我想要的东西?假如天遂人愿,
我也好自己迁就自己,我也想看一次自己丰收的样子。
但有人并不同意,说伟大的国家不打小规模战争,
我想,是不是伟大的乡村也不发国难财?乡村啊
我知道这么说的时候,有很多植物
都认为我的脾气变坏了,因为它们的绿叶子
变黄并且飘零。我估计你对此也有相近的看法,

因为船在疾行,鱼在追赶,河水却凝滞不前;
你的头上,一只风筝静止,天空不知飞去了哪里……
我早已活得如此疲赖和塌实,连抬头的动作都省去了:
此间和此际,除了我自己,就是你浑身上下的泥。

其　二

我已经说过了,乡村,我们从此用不着
拿一场灾难来相互吸引。富裕即是多余。
上帝也没有用第二次在水上散步来吓唬我。
和你一起,坐在田埂上,与鱼腥草的浓香一道
让周围的空气过敏,难道不是要胜过伐木造纸?
发呆可以成为我们下半生的事业,既然
路已经越来越好走,罐头已经越做越多,我们俩
想要变孬都已经很难。我喝酒,我始终要喝酒,
山色映入眼帘的时候,酒正好过了我的头。
酒在我的头顶,满眼的山色仰望着我头顶的小酒,
什么也看不清楚,但你知道这已经够明白的了。
还有什么来打扰我们的兴头,还有什么能高过我们的兴头?
既然连天都没有了,"更高"也就再也没有了。
只是在以前,雨曾经一直下进我的身体里,把血液弄稀,
让我在比"曾经"更早的一些年里显得清白而浅。
但我并没由此而走得更轻快,正相反,是轻和慢
让我一路上感觉不到自己的存在。我白活了多少年?

如今所有的泥掩埋了我的脚跟,我再次重了起来,
或者说,我终于活转了过来,用我的泥腿子
在田埂间跋涉,甚至跌了一个筋斗:一下子看见了你。
乡村啊,我总是在最低的地方与你相遇,并且
无计相回避——因为你不只在最低处,还在最角落里。

其 三

你都看到了,我的算术比结绳者的还要简陋:
几匹山,几条河,几条路,几个人,没有天空。
因为天空已蜷成一团,要等到某一天有了一本好书时
才被几个看书的人在一些分散的页面上展开。
第一遭,我们四个,排排坐,吃果果,来翻开这本书。
黑暗之中,你像一个领座员用手电让我们对号入座。
啊,这么多的鸡坼,这么多的鸡不吭一声,一齐忍住了禽流感;
这么多的敞猪儿,这么多的甩菜,这么多的脆臊面!
过了凉桥,从一个制香的作坊往北,一百多级石阶上
终于看见了光——我们看见的新天空是一张太大的亮瓦,
雨水还在上面流淌,细而红的沙线虫至今还长得像云彩。
而我们是向你借光的人,并就着光在上面写一些
闪烁其辞的字。你看我的:小学生的格式,一通篇
都用"如果……"、"因为……"来造句。啊,我想要
得到一个什么样的结果?答案在你那儿,还是在风中飘?

我从没写过任何一本乡村之书,只有怀乡的人
才会写。我有时更像一个抟泥的匠人,妄想过
在开天辟地之前就预制一个模子,也许就是你贫穷又
丰收时的样子。但这也从没发生过,因为连盘古
也没有用再造天地这类的地震或泥石流来吓唬过你。
乡村啊,只有我来冒犯过你,因为我从来就口无遮拦,
说"回家并不意味着抵达"。现在就算我们一道
往更早的好时光走,过了天涯都不定居,
此成了彼,彼成了此,我们还是一生都走不回去。
看呀,千百年后,我依然一边赶路一边喝酒,
坐在你的鸡公车上,首如飞蓬,鸡巴高高地翘起!

附注:沐川人把在出太阳时下着的雨称为太阳雨。只有在这种天气里,菌子才会大面积生长。

(2004年)

怀旧的叙事伦理
——读朱朱的《故事》

朱朱的第四部个人诗集《故事》(上海人民出版社，2011年)，其主题包含着两个层面的怀旧。一是作为文化共同体的一员对构成经典文本与集体记忆的某些人与事的复写，如《江南共和国》的柳如是，《再记湖心亭》的张岱，《海岛》上的放逐者苏轼，《多伦路》旁的解剖学家鲁迅，等等，是诗人那种故事新编式的写法的延续。朱朱一直致力于此，比如重构《金瓶梅》的那组《清河县》。但我偏爱的却是他第二个层面的自己的故事，在这本诗集中，就是那些散落而又成系列的，以组诗《七岁》为压轴的私志书写。

《七岁》里的一首《喇叭》中有两行诗，写男中音宣告红太阳陨落，一下子勾起作为诗人同龄人的我的记忆：

> 这消息像泥瓦匠的刮刀
> 瞬间抹平了所有人脸上的表情

当年我十三岁，至今还记得这个瞬间，带着特定的光线、音波和气味。但朱朱当时七岁，还是攥着玻璃球一心野玩的小孩子。

"这消息像泥瓦匠的刮刀／瞬间抹平了所有人脸上的表情",这无比精准的描写,是当时的实录,还是事后的悬拟?考虑到《喇叭》这首诗本身寓言式的写法,"镣铐"、"监狱"、"停摆的刑期"、"低垂的头颈就像向日葵折断的茎秆",以及"那弯垂中蜿蜒向天际的河流／如同空白的五线谱,等待着新的填写",我们相信,作者是将这个特殊的时刻定义为个人生命史与国家政治史两相结合而产生重大意义的转折点。结尾的四行,是由今天的反顾而提升的结果:

> 我并不知道从那时候开始,自己的脚步
> 已经悄悄迈向了成年之后的自我放逐,
> 迈向那注定要一生持续的流亡——为了
> 避免像人质,像幽灵,被重新召唤回喇叭下。

这是一个典型的案例,证明我们的昨天如何被今天所掌控。一切历史都是当代史,克罗齐的名言即使缩小到个人范畴也一样成立。我们的怀旧或曰乡愁,往往经过了难以察觉的矫形手术的重整,记忆就像一张褪色的底片,经由删略、增补、局部放大,被赋予原来没有的意义。简单地说,记忆离不开想象。巴什拉在《梦想的诗学》(刘自强译,生活·读书·新知三联书店,1996年)中说得好:

> 人越走向过去,记忆与想象在心理上的混合就越显得不可分解。假若希望加入诗的存在主义,则必须加强想象与记忆的结合。为此,必须摆脱那种概念特权强加于人的历史性

记忆。那在日期的尺度上流动的记忆,没有在回忆的景物中足够停留的记忆,并不是充满活力的记忆。记忆与想象的结合使我们在摆脱了偶然事故的诗的存在主义中,体验到非事件性的情景。更确切地说:我们体验到一种诗的本质主义。在我们同时想象并回忆的梦想中,我们的过去又获得了实体。人类的心灵在秀丽山川之外与世界结成有力的联系。那时,活跃在我们身心中的不是历史的记忆而是宇宙的记忆。

如果朱朱只是给我们提供了一系列"记忆与想象在心理上的混合"的文本,那我的讨论就可以到此为止了。事实上,《喇叭》几乎是一个孤例,甚至是一个反例,与《故事》中绝大多数诗如何在对往昔之追寻中把握分寸,刻意或者不经意地减少个人想象的涉入,大异其趣。诗人几乎是在以一种反诗意的写法进行记忆的重构,这种对诗意的违反,足可尊敬地称之为怀旧叙事的伦理操守。

在现代人精神生活中,怀旧是绝对的需要。现代人失去了护佑与遮蔽的旧乡,试图通过历史的暗道回到时间或者空间的过去或彼处,以寻求安息,缓释紧张,检视自身生命之意义何在。在追悼张枣的《隐形人》一诗中,朱朱写道:

> 中国在变!我们全都在惨烈的迁徙中
> 视回忆为退化,视怀旧为绝症,
> 我们蜥蜴般仓促地爬行,恐惧着掉队,
> 只为所过之处尽皆裂为深渊……而
> 你敛翅于欧洲那静滞的屋檐,梦着

万古愁，错失了这部离乱的史诗。

这是现代中国人在"一生持续的流亡"中所面临的困境。回忆是功能退化的表现，怀旧是被时代进步所裹挟的我们的绝症。但回忆能够让我们去向何处呢，如果那个简陋粗糙的旧乡并不能使我们重获护佑与遮蔽？要知道，作为审美的怀旧的过程，总是伴随着些许神秘，美妙的惆怅和甜蜜的忧伤。从华兹华斯的崇尚自然，到海德格尔的诗意栖居，两百年来的西方诗学与哲学都有一种怀旧的乌托邦冲动，在去魅的当代世界中对昔日与旧乡进行施魅。本质上，怀旧者所怀之旧，其实是一种新的旧。

朱朱的怀旧叙事反其道而行之，是对浪漫主义和存在主义将过去理想化的一种颠覆。《故事》中的《后院》是一个静态的、几乎无事的文本，却是诗人的抒情策略与叙事伦理的高度浓缩：

> 通常会有一把断柄的扫帚，一把褪色的油纸伞，几只空瘪的油漆桶，铅丝圈；也会有大家伙，譬如梳妆台或木橱之类的老家具，橱门用胶布粘着，镜面已经破碎了，抽屉把手上缠着尼龙绳。在蒙上泥垢的露天自来水池里，堆积着成捆的旧杂志和报纸。

以一个娴熟于绘画艺术批评的眼光，诗人的笔触按照本来的面目呈现了记忆中后院的全部细节：断柄、褪色、空瘪、破碎，诸如此类的形容，表明主体毫无美化过去的企图。哪怕接下去，诗人描写那长进一只歪倒在地上的土黄色陶罐里的野花，也很难认定他打算赋予这一意象某种象征意味。"如果一棵有姿态的树开始蓬乱起来,恍若野生",也许终于是意味着什么了吧?不,"也许是意味着,这家中最近有一个老人去世了"。

这真是绝情忍性的写作姿态,恰如其分,不给多一点点。诗人的怀旧力避滥情,他说:

> 这就是后院,一个处在记忆和遗忘之间的地带,一个使情感得以回旋的余地。……我们会将那些失去了用处,又难以丢弃的东西存放在这里,直到它们风化、腐烂,自行消解,被雨水冲洗,为泥土接收。总之,我们自己的目光很少到达这里,而它本身常年处于阴影之中,只在午后的一个短促时段里,阳光会掠过,好像一位母亲来到孤儿院的栅栏边,默默地伫望着,然后转身离去。

对于诗人来说,怀旧只不过是目光偶尔留驻于往昔。记忆的后院"是一个情感得以回旋的余地","余地"用得好,是已经退让到无可再退的表达,"回"字也恰到好处,"旋"字则稍稍有点儿夸饰,不很符合朱朱的一贯作风,因为他很少追求语句的外在冲击力,总是将戏剧化降到最低限度。他是那样小心翼翼地避免触碰那些满布着的"伤感的倒刺":

> "拉萨"这个地名意味着远方和神迹
> 而拉萨路如同死蜈蚣般僵卧在城区的旧地图;
> ——《拉萨路》

斯维特兰娜·博伊姆在《怀旧的未来》一书中，专章论述了审美个人主义与怀旧伦理学。她说，伦理学不应只是说什么道德典范和人物的行为准则，它提供某种专门的光学，聚焦于言语与行动之间的关系，强调讲故事的方式。她用纳博科夫的例子，严格区别了敏感与感伤。敏感是分离具体感受与记忆、现成的形象、陈词滥调和种种象征，感伤则把温情和痛苦化为现成的姿态，而接受现成的思想和情感组成的世界便导致媚俗和庸俗（poshi-lost）。

朱朱是敏感的，几乎过于敏感，而与感伤无缘。我曾经说过，朱朱过去的诗都太干净了。这是指张桃洲在分析朱朱诗歌的特定风格时概括过的，"一种精细、冷峻的形体，克制、准确的表述，凝练、结实的节奏"，"词句细节的缜密搭配、语气分寸感的悉心调控"，也就是说，我所谓干净，是指怎么写，而非写什么。在《故事》中，我注意到，他偏爱凌乱与破碎的意象，绝不规避污秽和脏："就像乡村池塘边的鸭子／面对着粼粼的波光梳理肮脏的羽毛"（《岁暮读诗》），"又像积雪被泼出去的残茶化开了／一个越来越深的脓口"（《拉萨路》），"他那份苍老就变成了从磨刀石上／冲走的、带铁锈味的污水"（《故事——献给我的祖父》）。在我看来，朱朱诗中精确呈现的污渍和锈迹，是诗人有意识地消解甚至破坏那种怀旧的甜蜜之感：

> 在斜坡旁那条静脉曲张的巷子中，
> 在脏盘子般摞叠在一起的旧公寓楼的
> 底层小院里，生活仿佛从零开始：

怀旧的叙事伦理

> 稀少的家具和床边歪倒的空酒瓶,
> 重现了一个单身汉的家。
>
> ——《拉萨路》

> 每件事物都是它们应该是的样子,
> 清晰,夺目,闪动着光亮的尊严,
> 甚至大楼侧面的一道污渍,
> 甚至围拢在垃圾袋口的苍蝇……
> 仿佛都来自永恒的笔触。
>
> ——《好天气》

"生活仿佛从零开始","每件事物都是它们应该是的样子",朱朱讲述的故事,其场域都属于一个慢于它外面的世界的小地方,或一个被剔除了神经的蛀牙般存在的旧街区,既牵扯不上政治的宏大叙事,也孕育不了个人的伟大传奇。诗人从没有想过要把空洞、平庸、琐碎的过去虚拟为个人不凡未来的龙兴之地,恰恰相反,零等于零,空洞就是空洞。比如《小镇》,同《后院》一样,是一个在别处输得精光的赌徒可以在此获得永生般的小憩的地方:

> 所以你不能惊吓它。不要炫耀
> 你的经历和远方的奇妙,也别玩
> 那套降低了嗓门述说乡愁的旧把戏,
> 你尽可一言不发,……
>
> ——《小镇》

这就是我所说的朱朱的怀旧叙事所坚持的操守，反诗意，反戏剧化，反浪漫主义。诺瓦利斯在《断片》中说："在我看来，把普遍的东西赋予更高的意义，使落俗套的东西披上神秘的外衣，使熟知的东西恢复未知的尊严，使有限的东西重归无限，这就是浪漫化。"这种浪漫化的叙事冲动我们并不鲜见。举一个例子。在北岛、李陀主编的《七十年代》所收的三十位作家所写的回忆文字里，那个十年被描写成既是文化的禁锁、荒芜甚至浩劫的时期，却也是新文化的萌发、繁殖、积聚、壮大以及爆发的时期。"八十年代开花，九十年代结果，什么事都酝酿在七十年代。"在这种集体的怀旧叙事中，那些个标题就已经纷纷向我们透露了个中消息："诗样年华"、"宁静的地平线"、"阳光与暴风雨的回忆"、"明暗交错的时光"、"黎明前的跃动"、"骊歌清酒忆旧时"……昨天就这样在文字中生动地复活，如一曲曲青春无悔的高分贝宣叙调。

也许朱朱不够幸运，没赶上那么好的七十年代，但我觉得在他审慎的写作中，给我们提示了另外一种可能，更靠得住的可能，也许可以说是雨果之外的福楼拜的可能，正如他在《拉萨路》一诗中所道出的：

> 你向我们展示每个人活在命运给他的故事
> 和他想要给自己的故事之间的落差，
> 这落差才是真正的故事，此外都是俗套……

2014年8月6日

故事——献给我的祖父 | 朱　朱

I

老了，老如一条反扣在岸上的船，
船舱中蓄满风浪的回声；
老如这条街上最老的房屋，
窗户里一片无人能窥透的黑暗。

大部分时光他沉睡在破藤椅上，
鼾声就像厨房里拉个不停的风箱，
偶尔你看见他困难地抬起手臂，
试图驱赶一只粘在鼻尖上的苍蝇。

但是当夜晚来临，煤油灯
被捻亮在灰黑的玻璃罩深处，
他那份苍老就变成了从磨刀石上
冲走的、带铁锈味的污水——

II

他开始为我们讲故事了。
沙哑的嗓音就像涨潮的大河，

越过哮喘症的暗礁和废弃的码头,
越过雾中的峡谷直奔古代的疆场。

沿途有紧握耕犁的勇士,即使
在睡梦中也圆睁双眼,听见潮起
如同听见号角的长鸣,立即
就投入到一场永恒的搏斗。

刀剑的每次相交和战马的每次嘶叫,
注定在我的脑海里激起骇浪,
而低垂于秋风的帐篷里,
女人眼中的溪流,濡湿我的脸。

Ⅲ

那些比他还要年老的故事,
那些他很小的时候从很老的人
那里听来的故事,以及
每次远行中寻觅到的故事,就是

他赤贫的一生攒下的全部金币,
存放在他的大脑中,
从没有弄丢过,在每个夜晚
都会发出悦耳的碰撞。

IV

如今他已经长眠于地下,
盛殓他骨灰的那只黑胡桃木盒子
已经像一只收音机连同电波
消逝在泥土的深处。如今

那些故事裹上一层硬封套,
就像标本,完整而精美,排列在书架上;
我偶然地逗留,吹掸去灰尘,
在其中默默地浏览,寻觅,

但是我深知,不再有
真正的故事和讲故事的人了,
夜晚如此漫长,空如填不满的深渊,
熄灯之后,心中也不再升起亮若晨星的悬念。

桃花扇与柳叶刀
——读朱朱的三首诗

朱朱的诗集《五大道的冬天》（华东师范大学出版社，2017年），最显眼的诗作是那些域外城市的闻见录，如佛罗伦萨、九月的马德里、月亮上的新泽西、纽约，也包括周边城市如忠孝东路的台北、录像和现实叠印的香港等。它们延续了从上一个诗集《故事》里，由华盛顿、布鲁日、圣索沃诺岛所开启的旅程，实践了诗人在一次访谈中所引的希尼那句话："在他的第二阶段，他要赢得世界的通行权。"朱朱的预算与执行能力之强，可见一斑。

另一类诗作则继续着他的怀旧编码，从婺源、重新变得陌生的上海、彩虹路上的旅馆，直到纳兰容若。作为一个观察者，诗人为经验所限制，也为回忆所牵引，他以经验与记忆中的印象，与现实进行复核、印证与反驳，来省视自我与世界的关系。即使前一类诗作，无论是越过大西洋离开现场，还是跨过太平洋重回疆场，域外经验都只是提供了一面面镜子，反映的还是本土和本我的纠结的形象。

以上两类诗作，深化和推进了朱朱最重要的主题风格。但是，《五大道的冬天》中还有一些诗，是颇为私密的个人书写，我不想称之为爱情故事，因为主角其实是荷尔蒙：它的萌动与压抑，它的释放与审查，它的控制与沉溺。这是朱朱的另一个重要的主题变奏曲。在他上一本诗集《故事》中，已经有了出色的《寄北》一诗，从形而下的性的缠绵与沉酣，转入形而上的爱的净化与升华。而最初的心跳则见诸组诗《七岁》里的《早晨》，写一个高出一头的邻家女孩，忽然将自己搂在胸口，她的心越跳越快，直到自己的脉搏跳成同样的频率。可见诗人的情感教育史，比《阳光灿烂的日子》和《西西里的美丽传说》开始得更早。这是个人生命中不可轻忽的一组秘密代码，在《五大道的冬天》里，有他持续的观察和精准的描述。

从青春期开始的性与爱，是当代小说的一大主题。在小说家淋漓的刻画中，我们得以窥见人性的幽暗、明媚与苍白。但是，很少有诗人这么做，而朱朱算是一个异数。他擅长借叙事来抒情，场景、对话、心理描写都极为老到，所以，从最初的爱情，到最后的仪式，他那不多的诗篇，拼图一样形成了颇为完整的叙述，将我们拖进撩拨着我们自己的记忆中。

下面，我就从《五大道的冬天》里选择三首诗加以释读，试着解剖诗人对其欲望图式的解剖。

一　《地理教师》：好望角的绮梦

这首《地理教师》，写一个禁欲时代的少年因压抑而纵放的非非之想。其中的不伦之念，我们就存而不论好了。引人入胜的是诗人的立意与修辞。

>一只粘着胶带的旧地球仪
>随着她的指尖慢慢转动,
>她讲授维苏威火山和马里亚纳海沟,
>低气压和热带雨林气候,冷暖锋

第一眼就是地球仪,旧的,粘着胶带的。物质匮乏先于精神匮乏。地球仪随着她的指尖慢慢转动,转出了意大利的维苏威火山,太平洋的马里亚纳海沟,热带雨林,还有好望角。但这不是地理,是生理。火山与海沟,幻化成凹凸有致的女体。气压的低,气候的热,则对应于心怀鬼胎者的紧张与骚动。冷暖锋交汇形成的云雨,也不再是自然界的气象学现象了,而是男女间的鱼水之欢。

>如何在太平洋上空交汇,云雨如何形成。
>而她的身体向我们讲授另一种地理,
>那才是我们最想知道的内容——
>沿她毛衣的V字领入口,我们
>
>想象自己是电影里匍匐前行的尖兵,
>用一把老虎钳偷偷剪开电丝网,且
>紧张于随时会亮起的探照灯,
>直到下课铃如同警报声响起……

课堂上开小差。地理课变成了生理课。小男生的目光怔怔地凝定在毛衣的 V 字领入口，如果是旧小说里的插图，画梦的人就会画一朵葫芦云，云的根就结到这个口子上。接下去的电影让人联想到那时代仅有的几部战争片，《南征北战》、《侦察兵》等等，构成二十世纪七十年代末的单一语境。胆大妄为的悬揣，仿佛匍匐前行的尖兵，要剪破"厚外套和围巾严密的封堵"的铁丝网，一探异性的秘密。这是令人窒息的时刻，时刻担心那双识破隐情的眼睛会像探照灯一样扫过来，直到下课铃响，才如同警报声解除了罪孽与危险。

> 我们目送她的背影如同隔着窗玻璃
> 觑觑一本摊放在桌面的手抄本。
> 即使有厚外套和围巾严密的封堵，
> 我们仍能从衣褶里分辨出肉的扭摆。
>
> 童话不再能编织夜晚的梦，我们
> 像玻璃罐里的蝌蚪已经发育，想要游入大河——

"手抄本"三个字，是二十世纪七十年代中学生的接头暗号。想必是指《少女的心》或曰《曼娜回忆录》吧，那个清教时代拥有比基尼岛核爆当量的"黄色秘籍"，里面从头到尾都是"肉的扭摆"。所以，当性意识被唤醒，童话的时代一去不复返，觑觑的是烧心的手抄本。"蝌蚪已经发育"显然有跟男性成熟相关的另一层意思。发育的小蝌蚪想要游入大河，让人直观地想到齐白石的名画《蛙声十里出山泉》。诗的最后两行——

> 在破船般反扣的小镇天空下,她就是
> 好望角,述说着落日,飞碟和时差。

　　这个反扣的破船,或与此类似的意象,是诗人怀旧书写的萦心之念,如"你望见小城是一艘拴牢在缆桩上的船"(《古城》),"老如一条反扣在岸上的船,／船舱中蓄满风浪的回声"(《故事——献给我的祖父》)。反扣着的船是停泊的符号,但船是不甘心底朝天地死掉的,它渴望着重新游入大河,航向大海,驶向那"风帆、桨手、旌旗、桅杆的美梦之乡"(波德莱尔:《头发》)。于是,出现了"好望角"。

　　非洲南端的"好望角"(Cape of Good Hope),因风高浪急,最初被探险家命名为"风暴角"。但自从1497年探险家达·伽马率领舰队由此驶入印度洋,又满载黄金和丝绸原路返回葡萄牙后,便改成了这个洋溢着美好希望的名字了。在苏伊士运河通航之前,它是欧洲人进入印度洋唯一的水道。一拐过这个海岬,东方无尽的宝藏便展开在眼前了。——注意,这个地理大发现时代的"好望"之"角",回应了前面的毛衣的"V字领入口",也连带与"指尖"、"冷暖锋"、"尖兵"等,将无处不在的尖锐刺激打成一片。

　　"落日"是衰颓的,"飞碟"是神秘的,"时差"是永恒的(诗集中另一首诗《双城记》提到"男孩和少妇之间永恒的时差"),它们与火山、海沟、热带雨林,同属奇异的地理知识,却不仅仅关涉身体,同时也指向了心智。整首诗是对初生的情欲的书写,但并不囿于情欲,而是混杂着身体欲望和知识渴望。诗的意象在

桃花扇与柳叶刀

地理和生理两个向度上展开并重叠。一个是好望角、维苏威火山、马里亚纳海沟、热带雨林的系列，另一个则是V字领入口开启的身体的各个疆域。它们两相凑泊，显得如此连贯、缜密、巧。哪怕次要的语词也在作精准的勾连：隔着窗玻璃的手抄本，和在玻璃罐里的蝌蚪。

这种巧智型写作，有趣，有味，充满内在的张力，尤能引发与他成长背景相似的同龄人会心的笑。那时候着实一无可看，除了看不到的手抄本，就是看不厌的地图。康拉德小说《黑暗的心》里的马洛船长说：

> 我小时候就特别爱看地图。我会一连好几个钟头盯着南美洲、非洲或澳洲，迷失在探险的各种光荣梦想中。那时候地球上还有许多空白，当我在地图上看到一块特别吸引我的空白时（但没有哪块空白不吸引人），我就会用手指按着它说，我长大后一定要上那儿去。

至于《地理教师》里的绮思，有谁能免？仍然像马洛船长说的："我走在舰队街，怎么也挥不走这个念头。那条蛇已经迷住了我的心窍。"

二　《时光的支流》：鱼尾纹的撕裂

> 小女孩的忸怩漾动在鱼尾纹里，
> 深黑色的眼镜框加重了她的疑问语气：

> 你还记得我吗？如此的一次街头邂逅
> 将你拽回到青春期的夏日午后——

这首《时光的支流》，开始于一次街头邂逅。一个女子问他："你还记得我吗？"定睛一看，谨重的中年，戴一副黑框眼镜，眼角有鱼尾纹。但鱼尾纹里隐约漾动着小女孩的忸怩，这就一下子"将你拽回到青春期的夏日午后"。请注意尾韵："里"、"气"、"逅"、"后"，AABB的偶韵，稍一重复，随即转换，一种试探性的、介于熟悉与陌生之间的调子。

> 一间亲戚家的小阁楼，墙头悬挂着
> 嘉宝的头像，衣服和书堆得同样凌乱，
> 一张吱嘎作响的床，钢丝锈断了几根；

往日欢情的发生之所，看上去凌乱，但传达的讯息准确无误：借宿于亲戚家的小阁楼，是相对独立自由的空间，属于广东话说的"冇王管"。但嘉宝的头像——而不是别的艳照——和成堆的书，暗示了精神上的"要好"，也预备了最后的"浪漫小说"。所以接下来的场景，昵而不亵——

> 那时她每个周末都会来，赤裸的膝盖
> 悬在床边荡秋千，絮语，爱抚，
> 月光下散步，直到末班车将她带走——

音韵是情绪的呼吸，是思想的结体，是随着心律跳动的。吟咏这几行，"来"、"盖"的舒缓接应，"悬"、"边"、"千"的频密摆荡，然后是"絮语"、"爱抚"、"散步"，从撮口呼到合口呼，相似或相同的韵的延续，仿佛一下子沉入到昔日的场景之中，把往事细数。这几行的节奏，碎了，慢了，迅即又快了起来：

> 月光下散步，直到末班车将她带走——
> 她的身体是开启你成年的钥匙，
> 她的背是你抚摸过的最光滑的丝绸，
> 没有她当年的吻你或许早已经渴死……

"走"、"匙"、"绸"、"死"，ABAB的交韵，暗示着思绪依旧贴牢在过去。但三个长句的接踵而至，有一种内在的迫切性，是昔日之我对今日之我的陈词与抗辩，因为今日之我羞于面对以往的这段情感纠葛。阁楼拆除了，底片销毁了，那段记忆也巴不得抹掉了——

> 现在你的生活如同一条转过了岬角的河流，
> 航道变阔，裹挟更多的泥沙与船，
> 而阁楼早已被拆除，就连整个街区
> 也像一张蚂蚁窝的底片在曝光中销毁——
> 从这场邂逅里你撞见了当年那个毛茸茸的自己
> 和泛滥如签证官的权力：微笑，倾听，不署名……

现在开始切题了——《时光的支流》。今天的我，主流的我，潮平两岸阔，风正一帆悬，已非当年小阁楼的弹簧床上"那个毛茸茸的自己"了。也不否认，我现在泥沙俱下，但成功的世故总是在所难免嘛。心态也好，事态也好，我都有足够的管控能力——差点儿情不自禁了，好险。"权力"最煞风景也最适时地出现了："泛滥如签证官的权力：微笑，倾听，不署名……"。"你还记得我吗？"——我不置可否，我在场而匿名。但我的表现非常得体：很礼貌，很有耐心。也就是说，很虚伪，很残忍。始于一低头的温柔，而最终扬起的是一副冷漠的，甚至残忍的面孔：

> 望着她漫上面颊的红晕，你甚至
> 不无邪恶地想到耽误在浪漫小说里的肺炎。

"漫上面颊的红晕"，呼应了开头的"小女孩的忸怩"。她什么都记起来了：吻，絮语，爱抚，月光下的散步。她其实也有点难为情吧？但她很可贵，还有真诚与勇气面对不无难堪的过去。她不知道面前的这个人多么不简单。当鱼尾纹否定了小女孩的忸怩，当黑框眼镜否定了赤裸光滑的丝绸，他的抵赖不为别的，是忽然惊觉当年的情感之廉价，像包法利夫人那样被那些浪漫小说给耽误了。

"肺炎"准确说是"肺结核"，十九世纪小说里时尚的罗曼蒂克病（Romantic disease），它让纤弱忧郁的女主角脸上泛起令人心仪的玫瑰色潮红（Rosy cheeks）。朱朱在《吻火》一文里，写过他少年时曾沉迷在这类小说的阅读中——

桃花扇与柳叶刀

憔悴而美丽的女主人公，在洒满落叶的小径上踱着她哀伤的步子，死亡如同夕阳拖着的长长的影子正在到来，爱情是那么的无望；她抬起头眺望着天空，而在她的双颊上点染着结核病人的那抹红晕。

真是不堪回首。那个在青春期的夏日午后的温存，有点儿假冒伪劣。那个生涩的唇髭初茸的他，是把自己，也把对方，想象成浪漫小说里的人物了。

但是，且慢。诗人有没有真的动了情？虽然冷漠经常是高端的表现，商场里的冷气越足，东西也越贵，可是声音骗不了人：絮语、爱抚，月光下散步，没有她当年的吻你或许早已经渴死……。此诗的复杂性在于，它混合着感谢与羞赧、戒备和责备、反悔与反讽，可谓机心尽出。你不能说，诗人给出的经验老到的签证官角色，是他应许的自我定位。这种自我撕裂委实可怕：他在嘲讽自己的过去，同时在嘲讽自己对过去的嘲讽。他甚至已经想到，这位女士的内心感受：

流苏吃惊地朝他望望，蓦地里悟到他这人多么恶毒。（张爱玲：《倾城之恋》）

三 《道别之后》：荷尔蒙的碎沫

《地理教师》是过去时，《时间的支流》是现在时结合了过去时，《道别之后》则是纯粹的现在时。它看上去像是一篇诡异的短篇小说，一个假想的窥视者的感性历险，一场发乎情止乎礼的情感教育课后的复盘：痴迷、怜惜、庆幸与悔意，连串心理事件所产生的不尽的余波。

> 道别之后，我跟随她走上楼梯，
> 听见钥匙在包里和她的手捉迷藏。
> 门开了。灯，以一个爆破音
> 同时叫出家具的名字，它们醒来，
> 以反光拥抱她，热情甚至溢出了窗。
> 空洞的镜子，忙于张挂她的肖像。
> 椅背上几件裙子，抽搐成一团，
> 仍然陷入未能出门的委屈。

第一行就是个悖论："道别之后，我跟随她走上楼梯"，"道别"是真实，"跟随"是想象，接下去的也都是想象。但第二行"听见钥匙在包里和她的手捉迷藏"，已经透露了道别之前都发生了什么——"挣脱了一个吻"——而引起了她情绪的纷乱。越乱越找不到钥匙，何况女人的包包里小物件委实太多。门终于打开了，啪嗒一声也打开了灯，照见了熟悉的家具。平常的动作一经诗人的陌生化叙述，如"爆破音"和"反光"，就都被放大了颗粒：赶紧照镜子，是在意自己的形象。椅背上的裙子有好几件，委屈着没被穿出去，还是在意自己的形象。在意自己的形象，显然是因为在乎对方。

> 坐在那块小地毯上，背靠着沙发，
> 然后前倾，将挣脱了一个吻的
> 下巴埋进蜷起的膝盖，松弛了，
> 裙边那些凌乱的情欲的褶皱
> 也在垂悬中平复，自己的气味
> 围拢于呼吸，但是在某处，
> 在木质猫头鹰的尖喙，在暗沉的
> 墙角，俨然泛起了我荷尔蒙的碎沫。

形象保持得还好么？今晚的态度还对么？事情的结果还行么？她陷入思考。思考前是一段平复的过程。朱朱以维米尔式的透视技巧，描摹一幅人物画。他熟悉那一切，她习惯的姿态，沙发，木质猫头鹰（令人想到福楼拜的鹦鹉），还有"那块小地毯"。裙边那些凌乱的情欲的褶皱，是刚才弄乱的。现在的"松弛"暗示了刚才的紧张，我的"荷尔蒙的碎沫"造成的紧张。好在是"碎沫"，放射性已到了半衰期，或者控制到了半衰期。

> 她陷入思考，墙上一幅画就开始虚焦。
> 扑闪的睫毛像秒针脱离了生物钟，
> 一缕长发沿耳垂散落到脚背，以 S 形
> 撩拨我此刻的全能视角——
> 但我不能就此伸出一只爱抚的手，
> 那多么像恐怖片！我站着，站成了
> 虚空里的一个拥抱；我数次

进入她,但并非以生理的方式。

虚焦是摄影术语,指画面上的景物结像模糊不清。从我"此刻的全能视角"来说,虚焦是双重的:她和我都沉入了思考中,反而抓不住这件事的要害了。她的睫毛与头发的撩拨,引动我如许欲望的骚动,但我不能伸出实际的爱抚,只能站成虚无的拥抱。我只能想象自己在心理上而不是生理上拥有她。

当诗人说出"全能视角"这个术语,也就暴露出诗人后设认知的写作策略。诗中人(区别于诗人)没有被欲望驱使,反而是欲望被检查、评估、处理。朱朱的诗不是那种简单的小说化,他以一种科学家的过分的冷静,处理丰满到过剩的细节,而其诗中的主人公,主体意识在敏感地发展,且敏感着自己的敏感。就像他写一个人在输血,换了别人,绝对不会写那个调试输液速度的小塑料包里,血液怎么滴进去,怎么扩散开,精细到令人发指的程度。他在思考,同时思考着自己的思考,就像观察自己的血如何在慢慢地洇开。但是,在情爱过程中,这种控制个人的认知过程和思想模式的做法,未尝不让人倒吸一口凉气——而这口凉气也正是诗人刻意制造的效果。他是诗人中的精算师。

> 不仅因为对我说出的那个"不"
> 仍然滞留在她的唇边,像一块
> 需要更大的耐心才能融化的冰;
> 还因为在我的圣经里,那个"不"
> 就是十字架,每一次面对抉择时,

> 似乎它都将我引向了一个更好的我——
> 只有等我再次走下楼梯，才会又
> 不顾一切地坠回到对她身体的情欲。

现在，我和她之间，立着不可逾越的屏障。她像一块还没有融化的冰，说"不"，峻拒，挣脱，而我也及时变回了一个绅士，"一个更好的我"。阿兰·德波顿在《爱情笔记》里说：

> 令人吃惊的是，爱情的拒绝通常是形成在道德的语言中、对与错的语言中、善与恶的语言中。似乎拒绝或不拒绝，爱或不爱，是自然而然地属于伦理学的分支。令人吃惊的是，通常，拒绝的一方被标上了恶的标记，而遭拒绝的一方从此代表着善。

这个"善"的我，这个"更好的我"，是事情过后的自我反省，有一点苦涩的自嘲，但不是那种道德上的标榜。大约算是松了一口气吧，对人对己都没有造成人格上的损害，没有把自己降低为一个俗滥之徒。其实，他何尝不想纵情沉溺？但是，"只有等我再次走下楼梯，才会又／不顾一切地坠回到对她身体的情欲"。

而这首诗，正是对这一"坠回"的过程的追溯。没有一个字涉及到爱，似乎只有情，尤其欲，但这一幅幅布满了阴影和褶皱的画面，让悬揣与遥想如此清晰和亲切，非倾注无限深情何以至此？但是这《道别之后》，与前一首《时间的支流》一样，最后都是理性原则占了上风。内敛而清醒的诗人，为我们直探到人性的幽微之处，表演了悬崖上刹车的绝技。这些文本，容量够大，层次够细，且有很多暧昧不明的地带，远非单纯的爱情之光所能照亮。也就是说，我们一旦陷入思考，一首诗就开始虚焦。

2018 年 9 月 25 日

地理教师 | 朱 朱

一只粘着胶带的旧地球仪
随着她的指尖慢慢转动,
她讲授维苏威火山和马里亚纳海沟,
低气压和热带雨林气候,冷暖锋

如何在太平洋上空交汇,云雨如何形成。
而她的身体向我们讲授另一种地理,
那才是我们最想知道的内容——
沿她毛衣的 V 字领入口,我们

想象自己是电影里匍匐前行的尖兵,
用一把老虎钳偷偷剪开电丝网,且
紧张于随时会亮起的探照灯,
直到下课铃如同警报声响起……

我们目送她的背影如同隔着窗玻璃
觑觎一本摊放在桌面的手抄本。
即使有厚外套和围巾严密的封堵,
我们仍能从衣褶里分辨出肉的扭摆。

童话不再能编织夜晚的梦,我们

像玻璃罐里的蝌蚪已经发育,想要游入大河——
在破船般反扣的小镇天空下,她就是
好望角,述说着落日,飞碟和时差。

时光的支流 | 朱　朱

小女孩的忸怩漾动在鱼尾纹里，
深黑色的眼镜框加重了她的疑问语气：
你还记得我吗？如此的一次街头邂逅
将你拽回到青春期的夏日午后——
一间亲戚家的小阁楼，墙头悬挂着
嘉宝的头像，衣服和书堆得同样凌乱，
一张吱嘎作响的床，钢丝锈断了几根；
那时她每个周末都会来，赤裸的膝盖
悬在床边荡秋千，絮语，爱抚，
月光下散步，直到末班车将她带走——
她的身体是开启你成年的钥匙，
她的背是你抚摸过的最光滑的丝绸，
没有她当年的吻你或许早已经渴死……
现在你的生活如同一条转过了岬角的河流，
航道变阔，裹挟更多的泥沙与船，
而阁楼早已被拆除，就连整个街区
也像一张蚂蚁窝的底片在曝光中销毁——
从这场邂逅里你撞见了当年那个毛茸茸的自己
和泛滥如签证官的权力：微笑，倾听，不署名……

望着她漫上面颊的红晕,你甚至
不无邪恶地想到耽误在浪漫小说里的肺炎。

道别之后 | 朱　朱

道别之后，我跟随她走上楼梯，
听见钥匙在包里和她的手捉迷藏。
门开了。灯，以一个爆破音
同时叫出家具的名字，它们醒来，
以反光拥抱她，热情甚至溢出了窗。
空洞的镜子，忙于张挂她的肖像。
椅背上几件裙子，抽搐成一团，
仍然陷入未能出门的委屈。

坐在那块小地毯上，背靠着沙发，
然后前倾，将挣脱了一个吻的
下巴埋进蜷起的膝盖，松弛了，
裙边那些凌乱的情欲的褶皱
也在垂悬中平复，自己的气味
围拢于呼吸，但是在某处，
在木质猫头鹰的尖喙，在暗沉的
墙角，俨然泛起了我荷尔蒙的碎沫。

她陷入思考，墙上一幅画就开始虚焦。
扑闪的睫毛像秒针脱离了生物钟，
一缕长发沿耳垂散落到脚背，以 S 形

撩拨我此刻的全能视角——
但我不能就此伸出一只爱抚的手,
那多么像恐怖片!我站着,站成了
虚空里的一个拥抱;我数次
进入她,但并非以生理的方式。

不仅因为对我说出的那个"不"
仍然滞留在她的唇边,像一块
需要更大的耐心才能融化的冰;
还因为在我的圣经里,那个"不"
就是十字架,每一次面对抉择时,
似乎它都将我引向了一个更好的我——
只有等我再次走下楼梯,才会又
不顾一切地坠回到对她身体的情欲。

为诗一辩

一

用上这么个题目，除了表示这是一篇多余的话，还能说明什么呢？"为诗一辩"（*A Defence of Poetry*）俨然已经成为一个诗人和评论家的传统，锡德尼在1583年，雪莱在1821年，克罗齐在1933年，都写过同题的著名文章。可是乌克兰诗人扎加耶夫斯基说得在理，抗辩（defence）这个词听上去令人可疑地接近于投降。常言道，彪悍的人生不需要解释，强势的存在根本用不着辩护。然而，就算搞搞新意思吧，我还是有话要说。

最近读到米沃什的《路边狗》，其中有一则"语言的力量"，说：

> "一切没有被说出来的，注定要消失"：纵观20世纪的人类历史，会惊讶地发现，每一个历史事件或人物都值得被写成史诗、悲剧或抒情诗。可他们都消逝了，只留下淡淡的痕迹。可以说，即使是最有魄力、最热血、最果决的人，与

仅仅是描述初升之月的几句精雕细琢的话相比，也只能勉强被称作影子罢了。

这个意思，我在《诗的八堂课》中也有类似的讲法：人世间，历史上，多少美人的真身被时间销毁了，如梦幻泡影，仿佛压根儿不曾有过。有过的只是那些被写过的，如赵飞燕、杨贵妃，她们艳名甚著，因为被反复书写。可是有关她们的美的各种版本，实在是不断复写和转拓的符码。原版等于零，是一个无限弥散的虚无的中心，一个语言的漩涡。而在《古典诗的现代性》中，我也曾说过：

> 要做李商隐的解人，必须寻绎他真实的生命史。可是，离开浇覆在他文本之上的盘根错节的互文关系，所谓真实的生命何从侦知？"此情可待成追忆，只是当时已惘然。"李商隐不是在说鲜活的情感只有瞬间的真实性么？个人的记忆是靠不住的，所以，我们最终只能依靠文本世界所保存的记忆。

真实的生命都已经遁入虚无的幕后，留下的只有大理石雕像、影像，尤其是文字。这个事实，可能会颠覆一般的文学原理：不是有了才写，而是写了才有。

常识告诉我们，世界有两个：一个是客观世界，一个是主观世界；或者说，一个是物质世界，一个是精神世界。但卡尔·波普尔（K. R. Popper）说，此外还存在一个世界，无以名之，就叫"世界3"。它有别于客体与物理状态、事件和力所构成的物质的世界1，有别于意识和心理事件所构成的世界2，这个第三世界，乃属于人类心灵产物的世界，从汉谟拉比法典到牛顿的万有引力理论，从莎士比亚的《哈姆雷特》到贝多芬的《第五交响曲》，都是如此。我们的心灵，既创造了这个世界，又被它所塑造。

主观精神的世界，是零星散落的一个个孤岛，互不相通，而且及身而逝，存在不过百年。客观物质世界看起来存在得久远多了，但是，"沧海桑田"也并不是夸诞悠谬之谈，没有什么能够抵挡得了恒久的时间的侵蚀。李贺诗《古悠悠行》曰："今古何处尽，千岁随风飘。海沙变成石，鱼沫吹秦桥。空光远流浪，铜柱从年消。"两相对照，只有作为人类心灵的造物的世界3，超越了一般的物质性，能够存在得更久长。

诗，属于波普尔的世界3，以文本的形式长久存在着。苏轼《答孙志康书》曰："唯文字庶几不与草木同腐"，其实何止如此，文本比金石还要坚牢。顾随《驼庵诗话》里有两段话，说的就是文本恒久远，一篇永流传：

> 诗中真实才是真正真实。花之实物若不入诗不能成为真正真实。真实有二义：一为世俗之真实，一为诗之真实。且平常所谓真实多为由"见"而来，见亦由肉眼，所见非真正真实，是浮浅的见，如黑板上字，一擦即去。只有诗人所见是真正真实。如"月黑杀人地，风高放火天"。在诗法上、文学上是真的真实，转"无常"成"不灭"。

> 世上都是无常，都是灭，而诗是不灭，能与天地造化争

一日之短长。万物皆有坏,而诗是不坏。俗曰"真花暂落,画树常春"。然画仍有坏,诗写出来不坏。太白已死,其诗亦非手写,集亦非唐本,而诗仍在,即是不灭,是常。纵无文字而其诗意仍在人心。

文本的功能,便是转"无常"为"不灭"。米沃什说"一切没有被说出来的,注定要消失",那么反过来说,一切被说出来的,可能就不会消失了。张枣一再强调:"写作不是再现而是追寻现实,并要求替代现实。""要知道,文学是追问现实而不是反映现实。没有文学,哪来的现实呢?"同样的意思,王国维其实早已在《清真先生遗事》中说过:

> 一切境界,无不为诗人设。世无诗人,即无此种境界。夫境界之呈于吾心而见于外物者,皆须臾之物。惟诗人能以此须臾之物,镌诸不朽之文字,使读者自得之……

雪莱说诗人是世界的立法者,现代人一笑置之,以为是浪漫主义者自信心爆棚的大言不惭。其实他还没有讲到位,他应该讲诗人是世界的命名者。为什么?因为这个世界未被语言照亮的部分,只是一片黑暗,而且你连这个黑暗都无从感知。此即海德格尔一再强调的,"词语缺失处,无物存在"。

举一个人所共知的例子。我们中国人现在一个个都谈霾色变,但是,我们真正对霾的成分、性质及其危害有认知,也不过七八年而已。要不是PM2.5的监测数据,我们一定还浑然不知这种直径为 2.5 微米的悬浮颗粒的存在，还以为就是司空见惯的雾呢！再举一个比较冷僻的例子。据统计，《诗经》里马的专有名词共有三十多个，说明那时候的马跟人的关系之密切，情形就好比宝马 7 系或马 6 跟我们今天的关系一样。那些马字，比较好认、好念的，有"驹"、"骓"、"骊"、"骖"、"驷"、"驿"等，还有不好认、不好念的，如"騋"、"駉"、"驒"、"驤"、"騢"、"騄"一类。我认得"骊"字还是因为《格列佛游记》里有个"慧骃国"。至于"驾我骐騄"的"騄"，读 zhù，指左脚是白色的马，那就得查字典了。好在一部够大的字典，就寄存着古往今来人类记忆的密码本，作为文本将一直流传下去。这各色各样的马儿，尽管从我们的视野里消失了，却仍然停留在文本的深处，龁草饮水，翘足而陆。

在新近出版的亚历山大·朗兰兹（Alexander Langlands）的《手艺》（*Cræft*）一书中，作者痛惜 carding、retting、scotching 这类手工织造的特殊词汇的消失："这强有力地证明了我们并不是丢失了这些传统的技艺，更糟糕的是，我们丢失的是这些技艺背后的概念，以及它们能做些什么。"的确，词就是物，名也就是实。命名其实就是指实，失去了名字就失去了实在。孔子曰"君子疾没世而名不称焉"，因为名不称则实不存，死了就真的死了，不会像辛弃疾祭朱熹文所说的："所不朽者，垂万世名。孰谓公死，凛凛犹生。"

二

这个世界最真的真理，往往都是以悖论形式出现的。比如，

奥斯卡·王尔德,这个酷爱悖论的家伙,经常以颠倒的方式揭示真理。他在《谎言的衰朽》里说:

> 唯一真实的人,是那些从未存在过的人。如果一个小说家低劣到竟从生活中去寻找他的人物,那么他就应该至少假装他的人物是创作的结果,而不要去夸口说他们是复制品。
> 生活模仿艺术远甚于艺术模仿生活。这不仅仅是由于生活的模仿本能,而且是因为以下这个事实:生活的自觉目标是寻求表达,而艺术给它提供了某些美妙的形式,通过这些形式,生活便可以展现自己的潜能。这是一种从未被提出过的理论,但是它很有成效,并在艺术史上投下了一束新光。由此可以推出的必然结论是,外在的自然也在模仿艺术。它能向我们展示的唯一印象就是那些我们已从诗歌或绘画中得到的印象。这是自然的魅力之谜,也解释了自然的弱点。

看上去真是奇谈怪论。你说生活模仿艺术还能够理解,因为很多人一言一行都是冲着电影电视里的明星学来的,但是,要说自然也在模仿艺术,也太离谱了吧。不过,我倒是也说过,咱们中国的山都是按照山水画的皴法长的,什么披麻皴、卷云皴、解索皴、斧劈皴等等,而郁金香和康乃馨则生就一副油画里的样子。王尔德说虚构人物才是唯一真实的人,这话你不能笔直地去想,那样只会鼻青眼肿地撞到文学模仿论和反映论的墙。你得转个弯儿去思考:你对杜甫和哈姆雷特的了解,是不是胜过对你的中学同桌小芳、隔壁邻居老王?可是,尽管隔壁老王也许经历坎坷与杜甫不相上下，内心活动也跟哈姆雷特王子一样丰富，你却无从了解，只是见面打个招呼，顶多听隔壁的隔壁的阿婆八卦几句，所以，他"也只能勉强被称作影子罢了"。问题就在于，他写不了自己，也没有人去写他，这个有血有肉活蹦乱跳的隔壁老王"注定要消失"，对后人来说，其真实性肯定比不上千年前被某人带过一笔的老汪："桃花潭水深千尺，不及汪伦送我情。"

只有写过的人物，才是真实的存在。从这个意义上说，虚构比真实更真实。米兰·昆德拉认为，小说的任务就是永恒地照亮生活的世界，以逃过"对存在的遗忘"。明日隔山岳，人心隔肚皮。作为世界2，我们每个人都被囚禁在自己的皮囊中，局限在有限的时间里，是世界3将我们彼此联通起来，并与世界1相结合。如果不读《红楼梦》，不读《安娜·卡列尼娜》，我们不知道还有另外一种人，活着另外一种活。让我们记住乔治·斯坦纳在《梅里美》（《语言与沉默：论语言、文学与非人道》，李小均译，上海人民出版社，2013年）中所说的话吧。梅里美创造了卡门，让卡门进入了语言，让这个嘴里叼着玫瑰、手里摇着响板、腰带上插着短剑的吉卜赛女人，像经过格拉纳达和马拉加的岗哨一样轻易溜过了国界，登上了德国、俄国、中国的舞台，从此向我们诠释了什么叫"自由"。她面对死亡的轻率，唤醒了我们每个人都潜藏着的嘲笑死神的念头，"像艺术中一切伟大人物，她既是我们的镜子，也是我们的梦想"。"在他们虚拟的存在中，我们察觉到自身的特征"——

> 没有这些人物，我们内在的过去将是装满无言死者的墓

穴。从荷马和柏拉图魂牵梦绕的苏格拉底,一直到我们时代普鲁斯特笔下的夏吕斯男爵和乔伊斯笔下的布卢姆,我们一直在从虚构中获取现实的路标。在不灭的幽灵与活着的人之间的对话,给予了我们语词共鸣的力量。艺术家最高的成就是完成永恒生命的奇迹。只有在那时,他才会意识到苛刻的欲望为了超越短暂的人生而不得不忍受。尽管每个时期的艺术、诗歌或小说都会创造出无数的人物,但只有少数才迸射出优雅的火花,才能够跳过从短暂的实存到永恒的幽影之间的鸿沟。卡门就是其中之一。

生活不在别处,而在文本的深处。应该说,文学与人生是相互模仿、循环阐释的,艺术模仿并阐释生活,生活模仿并阐释艺术,不断缠绕着上升。单纯的生活高于艺术,与单纯的虚构高于现实,可能都有偏颇。我们看见文学中人怎样想,怎样做,然后有样学样,用文学教会我们的一切去生活,然后反过来,更深入地去读文学。我们读小说,就是从别人的叙述中认领自己。我们读诗,就是用别人的语言来照亮自己的世界。伟大的诗人都是伟大的精神现象,他们哀乐过人,像一把尺子替我们丈量另外两个世界的广度、深度和高度。我们读他们的诗,化身为彼,移情于此,感其所感,思其所思,活着他们的活。奥登说得好:诗的功用,无非是帮助我们更能欣赏人生。或者,反过来说,帮助我们承担人生的痛苦。

诗是最高的语言的艺术,而语言不是思想的外壳,它就是思想的肉身。语言的质量其实是我们思想和情感的质量,最终也决定了我们生命的质量。既然古人说,"世间好言语,已被老杜道尽。世间俗言语,已被乐天道尽",那么,你不学杜甫和白居易的诗,还怎么去体会、感觉和表达?是诗,在累积并刷新我们的感受力和自我表达的能力。比如说,我们都有过冬天晒太阳的经验吧?那是什么感觉呢?白居易最爱写晒太阳,可总是写得很平庸。"屋中有一曝背翁,委置形骸如土木。日暮半炉麸炭火,夜深一盏纱笼烛。不知有益及民无,二十年来食官禄。就暖移盘檐下食,防寒拥被帷中宿。"他没有感觉。你再看杜甫的《西阁曝日》,诗云:

> 凛冽倦玄冬,负暄嗜飞阁。
> 羲和流德泽,颛顼愧倚薄。
> 毛发具自和,肌肤潜沃若。
> 太阳信深仁,衰气欻有托。
> 欹倾烦注眼,容易收病脚……

寒酷隆冬里,流落夔州的老杜正偎着西阁的墙根晒太阳,只觉得阳光带来的暖意周流全身,有如深仁厚泽,于是,身上毛发轻和多了,肌肤也润泽起来了,老衰之气一下子有了依托。但眼睛注视着阳光一久也会烦乱,就想起来走走,先是脚病走不稳,后来也就便捷了。你看,老杜以抽象之物的"德泽"、"深仁"来比拟具象的太阳,真是意外的贴切!热分子的传递是"流"通的,引起的变化是"潜"在的,这感受又多么亲切、真切!

我们本来都是素人,或者叫白版的人,是人类的语言流注到我们身上，融成了我们的血肉。我们对世界最深切的感觉与感情，都是后天由众多的文本浇灌出来的。我们的思想，我们的审美能力，也都是由那些文本浇铸起来的。所以，我曾经说过：

> 美是引用，是参照。不依赖旁人以及旁人的旁人的比较，不借助前人以及前人的前人的词藻和符码，你根本无法说出一种山川田园之美、爱情的美、夏娃的美。它们都是文本层叠地形成的。爱欲的身体永远隔着语障的纱丽。赤裸裸一丝文化都不挂的身体，谁都没见过；真正原始的性爱，谁都没体验并书写过。

休谟的《人性论》卷首引塔西陀的话说："当你能够感觉你愿意感觉的东西，能够说出你所感觉到的东西的时候，这是非常幸福的时候。"我同意，这的确非常幸福。但问题是，你怎么能够感觉你愿意感觉的东西，又怎么能够说出你所感觉到的东西呢，如果没有诗人和小说家教你？天晓得，要是没有我们从小学开始念的那些前人的好言语，我们压根儿就无从体会、感觉、表达，只能"哑巴吃黄连，有苦说不出"。冬天晒太阳，也只说得一句：好暖和哟！"不学诗，无以言"，此之谓也。

三

不用说，文本之间也有高下之分。人生有限，叔本华说，没空读坏书。所以，我们应该只挑好的来读。比如读小说，我们有人读武侠小说，有人读侦探小说，有人读玄幻小说。有人读韩寒，读郭敬明。但是如果是我，我当然读曹雪芹，读托尔斯泰，因为他们的作品才是人类精神的最高表现。《红楼梦》里的清代贵族生活场景，《安娜·卡列尼娜》里的十九世纪俄国贵族生活场景，比实际发生过的一切更直观也更真实。

因为，诗高于历史，诗的真实高于历史的真实。杜甫的诗素称"诗史"，但如果杜甫的写作只不过实现了给安史之乱做书记员的功能，我们不如去读《新唐书》和《旧唐书》好了。但是，历史上那么多天崩地裂的大事变，如永嘉之乱、靖康之难等等，我们为什么独独对安史之乱的记忆如此清晰呢？因为历史书提供给我们的只是一种"冷记忆"，对于历史记忆，与其说是激活，还不如说是封存、冻结。但杜甫的"诗史"是具体的、可感的、带着个人情感的温热而生动自然地流过我们的心灵的，故其入人更深，影响也更久远，结果正如米沃什所说："诗歌就是一种见证，比新闻真实更真的真实。"正因为这一点，王尔德才会说："古代历史学家给予我们以事实形式出现的悦人的虚构；现代小说家则给予我们虚构外表下的阴暗事实。"所以，读史代替不了读诗。

读图也不能够代替读诗。在如今这个时代，图像充斥在我们的生活之中，人们已经习惯于通过视觉来思考。视觉思考是一种非连续性的思考，没有逻辑，不讲语法，可由我们发挥联想，将各种元素并列、拼接、粘合在一块。但图像有它的重大局限，一幅新闻图片如果没有文字加以说明的话，简直无从知道它是什么意思。我们的文化正处在以文字为重向以图像为重转化的过程中，但我们不能完全被图像诱拐了、裹挟了，因为语言是一种原始的、根本的、不可或缺的媒介，它是我们人之成为人的本质所在。我们必须从文字出发，最后再回到文字。而诗的文字把语言凝固下来，可以经得起世世代代的人们不断的审阅。

最近柯洁与 AlphaGo 的三番棋引起全社会的人工智能热，我注意到有专家引述一个莫拉维克悖论：对于人工智能来说，高层次的推理几乎不需要计算，但低层次的感觉运动技能却需要大量计算。回头看一开头引的米沃什的那段话，应该说，给一个世纪的历史做公事公办的实录也许不难，难的是一个人或一群人的史诗、悲剧或抒情诗，它需要远为复杂而微妙的感性经验的投入，也更能够与我们的心弦强烈共鸣。电脑程序可以写诗，但生成不了意义，也评判不了价值。它没有主体意识，不能自觉。最根本的是，它不是人。

漫谈形式

一

从比较的眼光来看，百年新诗成就已经够大。拿唐诗对照，一百年也不过相当于初唐（618—712），等于王维和李白还没有登上诗坛。以词为参照，不必算上整个晚唐，哪怕以温庭筠（812—866）为起点，一百年也才到冯延巳（903—960）和李煜（937—978），北宋连欧阳修（1007—1072）和晏殊都还没有出来，更不用说苏轼、秦观和周邦彦。保守估计，新诗的成就超过了初唐诗和五代词。二十世纪三十年代废名就说，新诗人们不要妄自菲薄，因为编一本选集的话，成绩已经超过《花间集》了。现在，我们如果编一本《新诗三百首》，也不会比《唐诗三百首》、《宋词三百首》逊色多少，差别也许在于，其中没有哪位诗人，有李、杜、苏、辛的分量。所以，我同意宋淇六十多年前说过的一句话："其实，有关新诗的问题，不管是抽象的，或具体的，原则性的，或枝节的，都可以一扫而空，只要有一个真正伟大的诗人能及时出现。"（《论新诗的形式》，见《林以亮诗话》，洪范书店，1976年，

第2页)

初唐过了是盛唐，五代过了是北宋，所以像诗中李、杜，词中欧、秦，是产生的时候了。那么，我们可不可以设想一下，这样的大诗人应该满足哪一些条件呢？他会处理哪些主题是无法预测的，具体的技巧也没法逆料，但他使用的形式却可以猜想得出来，从大的范畴上说。我的想法是，他应该在新诗百年探索的主要诗歌形式上都有杰出的表现。简言之，他应该像兼擅古体与今体的杜甫，既能写好格律诗，也能写好自由诗。

二

格律诗在古代即今体，以五言律与七言律为主体，尤以五言律为关键。五言律的成熟，包括怎样炼字，怎样对句，怎样设色，直到怎样律声，是一个极为漫长的过程。也就是说，诗的语言技术和格律形式的进步，需经数百年才可能臻于完善。新诗格律化的速度，比五言律诗快得多，主要得益于对西方诗体的借鉴和移植。初期白话诗的形式都非常幼稚，但是很快，到徐志摩的《志摩的诗》（1925年）和闻一多的《死水》（1928年），就已经有型有款。新月派诗人推进了格律的探索与体式的建立，但同时走入了一个不小的误区，比如说闻一多。闻一多写格律诗，以单音字数划一为建行的原则，每行字数对得整整齐齐，韵脚押得密密麻麻，败坏了读者对形式的好感。先前是只有白话没有诗，现在是只有格律没有诗了。就连徐志摩也不满，在《诗刊放假》里说："谁都会运用白话，谁都会切豆腐似的切齐字句，谁都能似是而非的安排音节——但是诗,它连影儿都没有和你见面!"但是,二十世纪三十年代的卞之琳和四十年代的冯至,都使用了严谨又圆转的格律诗体,出色地展现了在节制和束缚中现代汉语自由表现的能力。闻一多认识到"音组"或者说"音顿"的重要性,孙大雨、卞之琳则主张用"音组"、"音顿"的一致而不是字数的一致来组织诗行。卞之琳又发现,偶数句最后一"顿"最重要。句末是用单音字还是用双音词,决定了诗的调性。白话诗是念出来的,古典诗是哼出来的。前者是说话的调子,后者是吟唱的调子。而决定性的因素是用奇数音节还是偶数音节收尾。他据此而写出了一批最精严的格律诗杰作。然而,二十世纪三四十年代是战争与革命的时代,提倡并继承了新月派格律诗丰厚遗产的学院派诗人,在政治上处于弱势地位。与格律化相反的散文化,成为大势之所趋。自由诗具有散文美,因为散文化可以负载更多的内容,可以反映战争、反映革命、反映现实。比如艾青的《火把》、《向太阳》等,下笔动辄百行,不加淘汰,不加洗练,泥沙俱下,汹涌向前。从那以后,自由诗一家独大,格律诗除了五十年代提倡的民歌体和庸俗的四行体,再也没有被认真对待过了。最近四十年,除了张枣等个别诗人写作了少量非常出色的十四行之外,格律形式已经可以忽略不计了。

但是,格律诗毕竟是诗史上使用最广、杰作最多、影响最大的诗体,无论在中国还是在西方。关于格律体的必要性,前人已经说得很多了。朱光潜的《诗论》给诗下了一个定义:"诗是具有音律的纯文学。"(朱光潜:《诗论》,上海古籍出版社,2001年,第90页)他认为"新诗比旧诗难作,原因就在旧诗有'七律'、

'五古'、'浪淘沙'之类固定模型可利用"(《诗论》,第219页)。所以,我们应该客观地看待相对固定的格律诗的功过:"格律不能束缚天才,也不能把庸手提拔到艺术家的地位。如果真是诗人,格律会受他奴使;如果不是诗人,有格律他的诗固然腐滥,无格律它也还是腐滥。"(朱光潜:《谈美》,中华书局,2010年,第90页)梁宗岱也认为,格律形式是帮助诗人捕捉情调和把握意境的凭藉,"只有形式能够保存精神底经营,因为只有形式能够抵抗时间底侵蚀"(梁宗岱:《诗与真·诗与真二集》,外国文学出版社,1984年,第159页)。朱自清则强调了移植和熔铸外国诗体到中国诗中的必要性,他在《诗的形式》里说:

> 无论是试验外国诗体或创造"新格式与新音节",主要的是在求得适当的"匀称"和"均齐"。自由诗只能作为诗的一体而存在,不能代替"匀称"、"均齐"的诗体,也不能占到比后者更重要的地位。外国诗如此,中国诗不会是例外。

诗歌的形式不一定得是固定格律,但是未经格律训练的诗人很难获得一流的形式感。格律诗本身的谨严形式能够帮助你的思想成型,情感入范。自由诗最大的问题是没有限制,完全的自由容易让人游荡无归。所以,写自由诗的人需要付出格外多的艰辛才能够写出好诗。否则就如韩寒所言,写诗只要懂回车键就行了。艾略特认为"自由"与"诗"本身就是矛盾的,没有诗是自由的。许多坏诗以"自由诗"的名义写了出来,而究其实,只不过是些坏散文而已。奥登是格律诗大师,他的《论写作》说:"写自由诗的就像荒岛上的鲁宾孙一样，必须自己煮食、洗衣、缝补。偶尔在例外的情形之下，这种男子汉大丈夫的独立精神会产生与众不同的杰作，可是大多数结果却是一团糟——床上的脏被单没有铺好，地板没有打扫，满地是空瓶。"中国诗人与学者也是这么看的。吴兴华1942年4月8日给宋淇的信中说：

> 自由诗是天下最难写的。多难的形式，多窄的韵你都有法子办，唯有一点枙梏没有，才真是上了十全的枙梏。你不知怎么写好，你不知应该 think in what terms，给你的选择是如此多，以至你不能选了。事到如今，只好靠个人的"直觉"，而获得这种直觉绝不是一年半载的事，只有能写格律最谨严，明白一切 meter，韵……的人才有把握写像样的自由诗，不然，你一行也站不稳，禁不住人问一声："为甚么？"这行长，那行短，和散文有甚么分别？

说到底，如果分行排列是现代诗唯一的形式，那么从哪里开始分行，就是一个大问题了。歌德说："只有在限制里显示出身手，只有规律能给我们自由。"何谓自由？严复译成群己界限，即小我跟大我的界限划分。自由不是由着自己的兴致乱来，他有一定的规律和边界。自由必须在限制的条件下才能够获得。无限制的自由，对初入门者是大胆的撺掇，对登堂入室者却反而是负担。

三

好了，我们现在来谈谈自由诗。自由诗如今在世界各国都成为主要的诗歌形式。坚持用传统格律诗体写作的，好像只有俄国诗人，而俄国文化向来保持相当的独立性，自成一体是可以理解的。但为什么现代世界流行自由诗呢？我个人感觉，可能跟自由诗与现代人精神上同构有莫大的关系。传统的格律诗形式符合传统社会中人的需要，因为稳定的社会需要稳定的思想情感，稳定的思想情感需要稳定的形式来表达。传统中人，站有站相，坐有坐相，有很多宗法、戒律、格言约束，不得轻举妄动，更不能胡作非为。但是现在，纲纪解钮了，人与人之间共同遵守的礼节再也没有往昔繁缛，规范再也没有从前严格。人往往依凭个人意志和内在经验行事，经常受迫于内心压力，孤独、焦灼、神经质，陷入独语状态。他的喃喃自语，只是为了纾解和释放自己的内在压力，这就是T.S.艾略特在《诗的三种声音》中说的：诗人写诗，不说教，不叙述，不由任何社会目的所激活，不是为了与什么人交流，所以，不在乎别人听还是不听，也不在乎别人懂还是不懂。在这样的时候，他从事艺术创造的方式，与古典诗人的创造机制是有重大差别的。诗人的生命中，各有其深刻而奇异的内在体验，导致对每个词和每个句子神经质一样的关注和处理，这是不可能交给固定的体式和韵式去打理的。他不想把自己游移不定、变化多端的思绪、敏感、音调等等，纳入一些固定的模式中。定型的形式就是限制，谨严的格律更是专制。那些固定的顿数、行数，以及规整的韵脚，无不打上等级森严的传统社会的烙印。而现代社会里，每个人都是独一无二的，所以，每首诗也应该是独一无二的，甚至，每个句子、每个字词都应该是独一无二的，于是，自由诗必然成为现代诗人的不二选择。自由诗和现代人，都值得特别同情，因为不给你格律而要你写好诗，不给你规矩而要你做好人，都难。但艺术的定律是因难见巧，写自由诗的人，顶天立地，而不摸墙扶壁，所以奥登才会说这种一无依傍的精神会产生与众不同的杰作。

再说，格律的本质是音律，格律诗事实上是特定的声音模式，这是诉诸耳朵的东西。在喧嚣的现代社会，在信息爆炸、图像爆炸的时代，人类陷入一种碎片化的生存状态。同样是为了激活人的感受，诗在现代，是要与小说争胜，与戏剧争胜；在当代，是要与图像争胜，与影视争胜。这时代的人是通过视觉来思考的，而视觉思考不是论述性的思考，而是一种非论述性的思考。它不讲语法，允许我们发挥联想，将各种元素黏合在一块。小说的意识流，电影的蒙太奇，都让我们习惯了图像的碎片的大胆拼接。现代诗人拧断了语言的脖子，在看似不搭的词与词之间随机切换，任意黏合，而特重意象的经营。意象诉诸眼睛，而格律诉诸耳朵，所以格律诗让位于自由诗，也有其深刻的原因。自由诗似乎更有利于呈现视觉效果，发挥最大的可视性。我说过，现代诗人过于强调诗的空间形式，普遍重意象而轻声音，注重语词的感性呈现和隐喻的复杂设置，却对诗的节奏之长短、旋律之缓急，以及音质音色的呼应与变化不甚措意，不谙声音之道。而自由诗在诗的世界的胜利，可以说是空间对时间的胜利，图像对音乐的胜利吧。

四

我们所瞩望的大诗人，能够解决新诗百年发展史上许多重大问题的大诗人,一定不会只在格律诗或自由诗的单个领域里施展其全部的才华,穷竭其所有的可能。他不应该是瓦雷里,只写格律诗;也不应该是艾略特,几乎只写自由诗。他应该是杜甫式的人物,在当代所有的诗歌形式中都能得心应手。他不能只是自由诗大师,为什么?因为我们的语言随着社会生活的丰富而丰富,且随其变化而变化,尤其是词汇,时间越长,变化越大。而且这种变化在不断加速,这使得语言系统的自足的存在经受考验。我们现在所写的自由诗,未来在时间的压力下会不会变形呢?会不会失掉了微妙的语感,甚至读起来不像诗呢?而格律的好处,是用整饬的文本形式和完美的音乐模式,像护套一样保护了诗的语言不受时间的过度侵蚀。因此,如果不久的将来出现一位现代汉语的大诗人,他的自由诗写得好是可想而知的,但我也相信他也会写格律诗而且写得同样好,能够将百年来新诗在格律化方面的探索成果吸收、消化、转生并加以天才的创造。

闲话传统

谈到传统，我有点恍惚。我们老是把这两个字挂在嘴上，说多了大概都不知道这是个什么东西了。但一般想想也明白，"传统"嘛，就是先"统"起来，再"传"下去。"统"是纲纪、统绪，都是"丝"字旁，是一脉相承地继续下去的意思。

人是缺什么补什么。有些人因为不会那个东西，又觉得很好，所以就大力提倡。还有人呢，他只会那个东西，别的不会，所以也一味地强调，好像独得了什么了不得的偏方。大凡讲传统的，不外乎这两种人。还有一种观点认为，只要你写的是汉字，说的是汉语，传统就天然地在你身上发生。那就是说，咱们本来就不缺这个，用不着补。我觉得，这是生物学意义上的传统，而不是精神现象学意义上的传统。

我们所讲的传统，是指中国古典诗歌的辉煌传统。自有新诗发生以来，大家都担心这个传统中断了，接不上了。闻一多二十世纪二十年代初激赏郭沫若《女神》的"时代精神"，他说即"西方色彩"，但又惋惜他缺少"地方色彩"，也就是传统特色没有了。所以闻一多指责一般诗人都有"欧化的狂癖"。他的结论是，新诗要做中西文化结婚的"宁馨儿"，既要有时代精神，也要有地方色彩。我们今天来谈传统问题，会不会绕来绕去又绕回到闻一多这个结论上去了呢？

李白与杜甫的传统是个什么样子的，说明起来倒不难，但是我以为，要整个地来说明中国古典诗的传统就难了，根本不可能。我以前就说过，谁能提得出一个完整的中国古典诗歌传统呢？《诗经》有《诗经》的传统，《楚辞》有《楚辞》的传统，唐诗有唐诗的传统，宋诗有宋诗的传统，而且词与曲也各有各的传统，相对独立的传统。你说的传统是哪一个呢？时间推移到一百多年前，旧诗人们就面对了好几个传统，而各选各的去继承。晚清的诗坛就形成了不同的流派：有学汉魏诗的王闿运，有学中晚唐诗的樊增祥、易顺鼎，有学宋诗的陈三立、郑孝胥。你若跟他们论起传统来，他们会问你指的是哪一个。即使陈三立和郑孝胥，都是同光派的代表人物，对宋诗的继承也各有侧重。陈三立学的是黄庭坚，特色是奥衍生涩；郑孝胥爱的是梅尧臣，风格是清苍幽峭。你看，诗人与传统之间不是大而化之的一对多，而是形成一对一的关系。就像钟嵘的《诗品》，强调每个诗人"其源出于某某"。可见对于个人而言，是由相同或相近的气质将他与传统联系起来的。每个人都在传统中找自己的老师，自家的亲人。

同样道理，所谓西方文学传统也只是一个大而化之的存在，只能通过各别的时代和地域才能接近和把握。英、法、德三国的文学各有鲜明的特色，意大利和西班牙也一样，还有俄罗斯，各有体格性分之殊。俄罗斯小说一讲就讲到灵魂，法国小说却关心财产和情欲。西班牙诗歌动不动就是阳光和血液，德国诗歌则对田园和太阳里的黑子更感兴趣。所以，西方文学也是一个大而无当的共名的存在，对于写作者而言是无效的。

传统你要想在写作中体现出来，倒也不难，哪怕你仅仅用了一个典。你用了阿波罗，你就是西方传统；你用了后羿射日，你就是古典传统。再比如你用的形式，你写十四行诗，当然是西方传统；你写齐言的十言、十二言诗，那就是中国古典的五言诗七言诗的加长版。比如二十世纪四十年代的吴兴华，有些诗就直接题为《绝句》。吴兴华的西方文学修养极好，所以能够移用莎士比亚的素体诗来写西施的戏剧性独白，但怎么读都还是优孟衣冠。又比如五六十年代的周梦蝶，写的是自由诗，尽是古典意境，庄禅哲理，精神上不像现代人。这两类新古典主义诗人，写的都不是我们理想中的中国现代诗。

张枣说，在当下的母语环境中，但丁可能是反动的。我也想说，同样的语境下，王维可能是反动的。

近些年我认真读张枣，觉得中国百年新诗，前五十年写得最好的是卞之琳，后五十年写得最好的是张枣，而他俩恰恰都是西方语言能力强，西方文学修养好，所以能够"化欧"，同时对古典诗歌又真能妙手点化，所以现代感性和古典韵味兼而有之。柏桦曾经用卞之琳的"化古"、"化欧"一说来解释张枣的诗学观念，可见两人的亲缘关系。又比如卞之琳诗的声音分层和视角换位，到张枣诗中复合的主体，其间分明也是个传承和发展。这说明，新诗本身也已经形成了自己的小传统。

卞之琳是第一个把T.S.艾略特的《传统与个人才能》译成中文的人，他对传统的看法也极为通脱：

闲话传统　245

不管作品究竟如何,态度上我是拥护传统的。不过我所说的传统,是他们英国的现代作家 T. S. Eliot, Herbert Read, Stephen Spender 诸人所提倡的传统,那并不是对旧东西的模仿。如果现代英国文学,用伊利萨伯时代的方式来表现,除非在特殊场合,这就不能说是合乎传统,而只是墨守成规,是假古董,是精神上的怠惰,是精神上的奴才。做奴才就是不肖,我们求肖就不能出此。到现在,我们只能以新的眼光来看旧东西,才会真正的了解,才会使旧的还能是活的。时代过去,传统的反映也就不一样,譬如,我们倘若生在唐朝,就一定写唐诗;李杜如果生在现在,也一定写新诗。中国的新文学尽管表面上像推翻旧传统,其实是反对埋没,反对窒息死真传统,所以反而真合乎传统。(卞之琳:《新文学与西洋文学》)

对于中西文学传统,张枣的理解也很圆通,转化也很圆润。他认为,在这个问题上,新诗人已经弄得很好了:"三十年代的现代主义者与本土传统建立了一种新的联系,这种具有了兼容传统和现代,中国与西方的开放的可能性,至今仍远未消竭。"(《论中国新诗中现代主义的发展与延续》)着眼于兼容,张枣提出了一个独特的解决方案:

简单地说,现代汉语诗歌不能不承接汉族古代帝国诗歌的秘密和精华,但怎么做这件事,各有各的想法。我相信有的人忽略了这样一个致命的问题:古典汉语的诗意在现代汉语中的修复，必须跟外语勾连，必须跟一种所谓洋气勾连在一起，我相信这方面很多人没做好。所以我总是觉得，很多人对中国古代诗歌精华的采集，包括对外国诗歌精华的采集，从方法论上都做得不到位。(《"甜"》)

张枣追求"古意"，又主张"洋气"，而且认为这两样东西都是有待发明的，而不是被移植的。"古意"和"洋气"这两种元素，是遇到了张枣这个奇妙的容器，才化合生成出新的化学物质吧。

其实，在T. S. 艾略特的《传统与个人才能》（1917年）发表之后，我们就应该把传统理解成跟我们互动的而非不动的存在了。传统需要被唤醒，被激活，"使旧的还能是活的"。我们与传统相处，加达默尔说，要感到自身是在与流传物进行"攀谈"（angensprochen）。我懒得复述T. S. 艾略特人尽皆知的观点了，但加达默尔在《真理与方法》中的看法很精辟，我还是抄在下面吧：

> 实际上，传统经常是自由和历史本身的一个要素。甚至最真实最坚固的传统也并不因为以前存在的东西的惰性就自然而然地实现自身，而是需要肯定、掌握和培养。传统按其本质就是保存（Bewahrung），尽管在历史的一切变迁中它一直是积极活动的。
>
> ……
>
> 我们其实是经常地处于传统之中，而且这种处于决不是什么对象化的（vergegenständlichend）行为，以致传统所告

诉的东西被认为是某种另外的异己的东西——它一直是我们自己的东西，一种范例和借鉴，一种对自身的重新认识，在这种自我认识里，我们以后的历史判断几乎不被看做为认识，而被认为是对传统的最单纯的吸收或融化（Anverwandlung）。

《随园诗话》卷一引过杨诚斋的话："从来天分低拙之人，好谈格调，而不解风趣。何也？格调是空架子，有腔口易描；风趣专写性灵，非天才不办。"车前子将它改换了两个词，说："从来天分低拙之人，好谈传统，而不解创新。何也？传统是空架子，有腔口易描；创新专写性灵，非天才不办。"

传统与创新的关系，也还是 T. S. 艾略特讲的，新与旧的适应。我们面临的现状是，读者还没有培养起对现代诗的阅读习惯，更不用说爱好了。其实，大众对古典诗词的接受，口味也是非常狭窄的。就喜欢李白、苏轼、李清照，你要是讲梅尧臣、元好问、钱谦益，点击量马小下去。对一般人来说，唐诗宋词是舒适的艺术，是给人身心按摩用的。连米沃什初次见到梵高的画，内心里都发出过一声尖叫，平常人更不愿意一惊一乍地度日，他要的是熟悉和安全。他在现代诗里找不到这些，感觉陌生而紧张。你的创新，完全是异己的东西。

再说，面对中国当下的现实，好多诗人感受和表达起来，简直像是一个外国人。读者在读现代诗的时候，分不清这是写的呢，还是翻译的。这就是我们今天还要对传统这个话题呶呶不休的根本原因。但这不仅仅只是诗人的问题，画家也一样，新闻记者也如此。我有时读一篇北京的杂志或广州的报纸上的文章，觉得好像是《纽约时报》或者《经济学人》派驻中国的记者写的，哪怕写的是温州皮鞋厂的事儿，那腔调也绝对经过了翻译。

这也难怪。现在写诗的人，想到陶渊明或者苏东坡的时候多呢，还是想到布罗茨基或者沃尔库特的时候多？这话如果不好回答——其实我们心里已经有答案了——我们就把自己设想成为一个小说家，正在写小说。那么，我们扪心自问，我们更多地是在向谁偷师？与谁较劲？是曹雪芹？蒲松龄？还是马尔克斯？石黑一雄？西方小说的传统太伟大了，而我们不可能自外于这样一个传统吧？写小说恐怕还得西学为体，中学为用吧？当今任何一个想要写小说的人，不管你是秘鲁人、埃及人还是日本人，面对的都会是一个异己的传统，书写的也会是一些异己的经验，因为全球化时代的生活，本质上就是一个异己的生活。

可是很奇怪，异己的经验写着写着也就成为内在于自己的经验了，洋腔洋调说惯了嘴就变成了自家的声口。朱元璋对刘伯温说，原本是打家劫舍，不成想弄假成真。这就叫积非成是，歪打正着。我现在读一些语言方式感受方式都很西方化的中国当代诗，也没有觉得不妥。写得好，就是好，不分是哪一种好，西方的也好，中土的也好。

我们要对西方说，对世界说：我的是我的，你的也是我的。世界文学的时代早已到来，我们为什么不做一个文学的世界公民？何况当今世界，中国人占据的位置相当优越。这话怎么说？吴兴华当年感叹，作为一个中国人，他能够欣赏但丁和莎士比亚的妙处，但西洋人却领会不了杜甫好在哪。再说，由于现代中国社会的复杂性，现代汉语也极为多元，简直有点像伊丽莎白时代的英

语,是一个大杂烩放进一个大坩埚。所以张枣才会说:

> 实际上我不知道当今还有哪门语种比汉语更适合生成综合的记忆和伟大的诗歌,因而它对有雄心壮志的写者的要求也格外高:让他们成熟得格外慢,要他们做到古今不薄,中西双修。(《黄灿然访谈张枣》)

面对这一全景式的世界文学的传统,我们只管"拿来",但不要被"拿住"。被西方诗彻底"拿住",被中国古典彻底"拿住",死相都很难看。我们的理想是鲁迅说的,"取今复古,别立新宗"。一不小心,我们玩大了,玩出新意了,那就是自我作古,自己"统"起来,自己"传"下去。

后　记

本书收入了我近十年来所写的有关当代诗的八篇评论。所评论的诗作，多为组诗或者长诗，有的很有名，如杨炼的《诺日朗》（1983年）、张枣的《跟茨维塔伊娃的对话》（1994年）；有的却不为人所知或所知甚少，如匡国泰的《一天》（1991年）、宋炜的《还乡记》（2004年），更不用说梁秉钧的组诗《博物馆》（1996年）了。在我看来，这些都是真正的杰作，是现代汉语的最高成就的体现，也可无愧于伟大的古典传统。我希望通过自己的一系列细读工作，接引读者能得其门而入，窥见中国现代诗的室家之好、宗庙之美、百官之富。

当年废名《谈新诗》说："我们现代的新诗也可以由我们编一本新诗选了，它可以在文学史上成为一件有意义的工作。是的，我们新诗简直可以与唐人的诗比，也可以有初唐、盛唐、晚唐的杰作，也可以有五代词、北宋词、南宋词的杰作，或者更不如说可以与整个的旧诗比，新诗也有古风有近体，这不能不说是一件盛事。我劝大家不要菲薄今人，中国的新诗成绩很好了。"那是1944年说的话，新诗出现才不过四分之一世纪。今天，新诗诞生已经整整一百年了，成绩当然更好了，但大众菲薄今人、菲薄新诗的情况并没有好起来。也只有在中国，一个文化人敢说自己从不读现代诗，他对诗的看法还停留在"白日依山尽"、"一江春水向东流"的小学阶段，认为诗就是要写得美，正如对书法，认为字就是要写得好看。而一旦白日被雾霾遮蔽，春水有化学污染，他就失语了，认为没有诗可写可读了。但他错了，错失了他同时代人面对同样的世界所能有的最鲜活的感受与最精微的表达。他应该认识到，没有一种无知是值得夸耀的，包括对现代诗的无知。

可是话说回来，现代诗也的确是难以知解的。有一些古典诗也很难懂，不过，一旦通晓典故，细参象征，重建理脉，我们最终还是可以弄得懂的。现代诗却是以存乎一心的方式，诉诸个人最私密的感悟，在不同程度上泯灭了语言表层意义上的逻辑联系，这就变得难以索解了。怪不得 C. S. 路易斯在《文艺评论的实验》（1961 年）中早就指出：

> 目前，阅读地图上的诗歌版图，已经由大帝国缩为小行省——随着这一行省变得越来越小，就越来越强调其与其他地方之不同，直至最后，狭小规模与地方特色之结合，所暗示的与其说是个行省，不如说是个"保护区"。

要进入这个保护区，需要有人领路，否则贸然闯进去，往往会如堕五里雾中。有许多现代诗人不得不给自己的诗加注，如 T. S. 艾略特的《荒原》，卞之琳的《距离的组织》，等等。但绝大多数是不加注的，只是傲慢地等待着解人，或谦逊地把诠释的权利让渡给了批评家。但批评家说的话就可靠么？不一定。C. S. 路易斯接下去说：

> 现代诗歌已经到了这一地步，解诗专家读同一首诗，其读解绝然不同。我们不再假定，这些读解中，除了一个其余全错，或者全部都错。显然，诗歌就像乐谱，阅读就像一场场演奏，不同诠释都被容许。问题不再是，哪个"正确"，而是哪个更好。解诗者与其说是像听众之一员，不如说更像是乐队指挥。

是的，诗人写诗，如作曲家谱曲；读者读诗，像自己来演奏。但生手的演奏毕竟不如专业演奏者来得自如，更何况这种曲子格外复杂、晦涩，难度高出古典音乐太多，所以有必要等待专业的演奏者，把冰冷的乐谱转化为动听的乐声。在现代诗的场合，特别需要批评家使出浑身解数，提供最好的服务。

奥登在《染匠的手》里说过，批评家的职责，是能够提供下面的一项或多项服务：一、注意我们没留意的；二、重估我们低估了的；三、指出作品与不同时代、不同文化的别的作品之间的关系。四、教我们怎么读；五、看作者怎么做；六、阐明艺术与生活、政治、经济、宗教等等的关系。奥登说，前三种批评需要有知识，后三种批评需要有洞察。照刘知幾良史三才的说法，也就是要有"学"与"识"。我的学识也许不足以提供最好的服务，但在具体的工作中，却针对不同的需求而尽我应尽的责，——有时是尽我想尽的责，根据我个人的喜好。所以这八篇评论，有的偏重于主题思想和主导风格的探讨，有的偏重于形式和技巧的分析，风格并不统一。比如，书中最长的那篇读张枣的《跟茨维塔伊娃的对话》，是课堂上给研究生讲解的记录，既要教大家怎么读，也要让大家看作者具体怎么做（make）一首诗的过程，免不了词气烦絮，虽经一番修改增删，到底还是像一篇讲稿。论梁秉钧的《博物馆》则是提交研讨会的学术论文，理论性自然强一点。赏析张枣的四首诗和朱朱的三首诗，却是为《新京报·书评周刊》所写的专栏，文笔比较活络。这次结集，我将个别文章原有的注释移入正文，在形式上比较统一。为方便读者完整与细致的对照阅读，我将所评析的诗作都附在文后。最后，我加上了三篇随笔文章，针对有关现代诗的若干焦点问题谈一谈自己的看法。

这本新著，是与《卞之琳诗艺研究》和《中西同步与位移》两本旧作的重版一道，作为我现代诗研究的一个小小系列，由安徽教育出版社印行。我要对促成本书出版的何客兄表示谢意。同时也感念我大学学长万直纯兄，十多年前他曾经担任过那另外两本书的编辑，而今则已退休。我想模仿靡菲斯特的口吻说：亲爱的朋友，一切书本都是灰色的，而友谊之树常青。

江弱水
2020年夏于良渚